双葉文庫

はぐれ長屋の用心棒

瓜ふたつ

鳥羽亮

目次

この作品は双葉文庫のために書き下ろされました。

瓜ふたつ

はぐれ長屋の用心棒

第一章　貧乏牢人

一

クシュン、と、八重《やえ》がくしゃみをした。

その拍子に、ちいさな鼻の穴から洟《はなみず》が流れ出て唇のあたりまで垂れてきた。八重は洟などには頓着なく、わあ、わあと言葉にならない声を上げて両足をばたつかせた。額が汗ばみ、頬が熟柿《じゅくし》のように赤らんで、ぼってりとしていた。

「風邪《かぜ》気味かな」

華町源九郎《はなまちげんくろう》は、抱きかかえた八重の顔を覗きながら言った。頬がいつもより赤かったし、すこし、熱っぽい気がしたのである。

八重は二歳。倅の俊之介《しゅんのすけ》と嫁の君枝《きみえ》との間に生まれた長女だった。俊之介夫婦には、新太郎《しんたろう》という六歳の嫡男がいたので、八重はふたり目の子である。

「このところ、咳や洟が出るので流行《はやり》風邪ではないかと、心配してるんです」

脇にいた俊之介が、顔を曇らせて言った。

「悪い風邪が流行っているようだから、油断せぬことだな」

源九郎は、ちかごろ流行風邪が江戸市中にひろがり、近所の子が風邪で亡くなったという噂を聞いたし、源九郎の住む伝兵衛《でんべえ》長屋でも、何人か風邪で寝込んでいることを知っていた。

源九郎は、還暦にちかい老齢である。長屋で傘張りの賃仕事をしながら、独り暮らしをしていた。源九郎は、俊之介が君枝を嫁にもらったのを機に、家督をゆずって家を出たのだ。狭い家で倅夫婦と鼻を突き合わせて暮らすのは窮屈だったし、妻を亡くして独り身の気軽さもあって、勝手気ままな長屋暮らしを始めたのである。

この日、源九郎はできた傘を長屋の近くにある傘屋の丸徳《まるとく》に納め、ついでにふたりの孫の顔を見に俊之介の家に立ち寄ったのだ。

「様子を見て、早めに東庵《とうあん》先生に診《み》てもらいます」

俊之介が心配そうな顔で言った。

「それがいい」

東庵は、本所相生町《ほんじょあいおいちょう》に住む町医者だった。俊之介が怪我をしたとき、診てもらったことがあり、東庵のことは源九郎も知っていた。

華町家は五十石取りの御家人で、俊之介は御納戸同心だった。俊之介は御納戸方の騒動に巻き込まれ、敵対する勢力に味方した牢人に襲われて斬られたことがあった。そのとき、診てもらったのが東庵である。貧乏でも分け隔てなく診てくれ、貧乏人にとっては頼りになる医者である。

また、クシュン、と八重がくしゃみをした。洟がちいさな鼻の穴からあふれ出す。八重は気になるのか、顔をしかめながら舌を出して、唇のまわりの洟を舐《な》めだした。

それを見た俊之介が、

「君枝、君枝、八重の洟を拭いてくれ」

と、奥に声をかけた。

さきほどまで、君枝と新太郎は源九郎たちの居間にいたのだが、新太郎が座布団の上に横になってうたた寝を始めたのを見た君枝が、こんなところで寝たら、風邪をひく、と言って、奥へ連れていったのだ。奥と言っても隣の部屋である。

俊之介の声で障子があき、手ぬぐいを持った君枝が慌てて源九郎たちのそばに来た。新太郎は寝付いたらしく、母親の後を追ってこなかった。

「あら、あら、たいへん」

君枝は源九郎の脇から八重を覗き、口のまわりにひろがった洟を拭き取ってやった。八重は拭かれるのが嫌らしく、泣き声を上げながら背《そ》を反り返らせ、首を振りまわした。こうなると、抱いているのも大変である。

「そんなに暴れたら、お義父《とう》さまに嫌われますよ」

　そう言いながら、君枝は両手を出して八重を受け取ろうとした。

「元気はいいのだが、風邪が心配だのう」

　源九郎はすぐに八重を君枝に返した。

　八重の可愛い顔を見ていると、つい抱きたくなる。おとなしく抱かれているうちはいいのだが、むずかったり、泣かれたりすると、源九郎の手には負えなくなるのだ。

　君枝は、よし、よし、とあやしながら八重を揺すってやった。八重は母親に抱かれて安心したのか、すぐに泣きやみ、口をあけて嬉しそうに笑った。ちいさな唇の間から米粒のような前歯が覗いている。

「母親だのう、泣いた子がもう笑っておる」

源九郎は八重の顔を覗きながらいっしょになって笑みを浮かべた。もっとも、源九郎の笑みは、顔がゆがんで見えただけである。

「この子も、寝かせてきます」

君枝はあやしながら、眠いのかもしれませんよ、と脇にいる俊之介を見上げながら小声で言った。

八重を抱いた君江の顔に笑みはなかった。顔に翳《かげ》がある。君枝は色白で饅頭《まんじゆう》のようにふっくらした顔をしているのだが、いつもの張りがないように見えた。やはり、八重の風邪が心配で、心労が重なっているのかもしれない。

「寒くないようにな」

俊之介が小声で、君枝を気遣うように言った。

君枝が八重を抱いて、居間から消えると、

「さて、わしも退散いたそうか」

源九郎はそう言って、部屋の隅に置いた大小を手にした。

「父上、夕餉《ゆうげ》をいっしょにどうです」

俊之介が言った。

「いや、またにしよう」

源九郎は、君枝に気を使わせたくなかった。そうでなくとも、君枝は八重と新太郎の面倒をみるので大変であろう。

「そうですか」

俊之介はそれ以上誘わなかった。源九郎が部屋を出ようとすると、俊之介が、君枝を呼びます、と言って、奥へ行こうとした。

「呼ばんでいい。八重が眠るところだろう」

源九郎は慌てて俊之介を制した。

俊之介も、いま君枝を呼ぶと眠りかけた八重を起こすことになると思ったらしく、ちいさくうなずいただけで、源九郎の後についてきた。

「おまえたちも、気をつけろ。ちかごろ、やけに寒いからな」

正月を過ぎて間もないが、このところ一段と寒さが厳しくなってきたようである。

「父上も、無理をなさらずに」

「わしは、こう見えても寒暑には強い。滅多なことでは、風邪などひかぬよ」

そう言い置いて、源九郎は戸口から出た。

風があった。身を切るような冷たい風である。肌を刺すような冷たい風に、思わず源九郎は身震いした。つづいて、ハックション、と大きなくしゃみをし、洟も垂れてきた。

……老いぼれの洟は、赤子のように可愛くはないからな。

源九郎は洟をすすり上げながら、ひとりごちた。

歩きながら、源九郎は懐から手ぬぐいを取り出して首に巻いた。そして、小走りに六間堀沿いの道を竪川《たてかわ》の方へむかった。急いでいたわけではない。ゆっくり歩いていると、寒いので小走りになったのである。

俊之介の家は深川六間堀町にあった。源九郎の住む長屋は本所相生町で、竪川を越えればすぐである。

二

曇天であった。厚い雲が垂れこめている。まだ、暮れ六ッ（午後六時）までには間があるはずだが、辺りは夕暮れ時のように薄暗く寒々として、町筋にもほとんど人影がなかった。表店《おもてだな》も早々と店仕舞いした店が多く、人影のない通りを寒風が音をたてて吹きぬけていく。

竪川にかかる二ツ目橋を渡り、いっとき歩くと長屋のある路地が見えてきた。源九郎はさらに足を早めた。こんな日は酒でも飲んで夜具にもぐり込んで、寝てしまうにかぎると思ったのである。

細い路地へ入ると、長屋の路地木戸が見えてきた。源九郎の住む伝兵衛店は、はぐれ長屋とも呼ばれていた。源九郎のような隠居牢人、大道芸人、その日暮らしの日傭取《ひようと》り、半人前の大工、その道から挫折した職人など、はぐれ者が多く住んでいたからである。

その長屋につづく路地木戸をくぐり、井戸端まで来ると、旦那、旦那、と呼ぶ声が聞こえた。聞き慣れたお熊《くま》の声である。

振り返ると、戸口にお熊が立っていた。家の前で、大事そうに丼をかかえている。

お熊は四十過ぎ。助造《すけぞう》という日傭取りの女房で、樽のようにでっぷり太っていた。口うるさくて、でしゃばりだが、心根はやさしく、長屋の住人に困ったことがあると親身になって動いてくれる。やもめ暮らしの源九郎に対しても、何かと気を使い、煮物や握りめしを持ってきたり、繕い物をしてくれたりするのだ。長屋の女房連中のまとめ役でもある。

「何かな」

源九郎は足をとめた。

「旦那のところへ、大根の煮染《にしめ》を持っていったんだけどね。だれか来ていたので、帰ってきたところなんだよ」

お熊は怪訝《けげん》な顔をして、源九郎を見つめている。

「だれが、来ているのだ」

どうせ長屋の連中だと思ったが、お熊が怪訝な顔をしているのが気になって訊《き》いてみた。

「菅井《すがい》の旦那とお侍がいたけど……。それがね、旦那とそっくりな人で、菅井の旦那と将棋をさしてたんだよ」

そう言って、お熊が源九郎に近寄ってきた。なるほど、手にした丼に大根の煮染が入っていた。飴色の大根がうまそうである。

「おれとそっくりな侍が、菅井と将棋をさしていただと」

どうやら、長屋の住人ではないようだ。

「あたしはね、旦那と見まちがえて、声をかけたんですよ。すると、お女中、わしに用かな、なんて言うもんだから、びっくりして、もどって来ちまったんだ。

……旦那、あの人、だれです？」

お熊は大きく目を見開いて、上目遣いに源九郎を見た。

「だれだか訊きたいのは、わしの方だ」

思い当たるような男はいなかった。

「旦那と瓜ふたつだったよ」

「そんなに似てたのか」

「そっくりだから、兄弟じゃァないかね」

「わしに兄弟はおらぬ」

「それじゃァ、親戚筋かな」

「会えば分かるだろう」

親戚筋にも、そのような男はいなかった。ただ、部屋に上がり込んで菅井と将棋をさしていたとなると、親しい者と見ていいのだが……。源九郎は、耄碌《もうろく》して忘れたかな、とも思った。

「分かったら、あたしにも教えておくれ」

そう言って、家へもどろうとしたお熊を、

「待て、お熊」

源九郎が呼びとめた。

「せっかくだ。その煮染は、いただいておく」

そう言って、源九郎はお熊の手から丼ごと受け取った。一杯やるには、願ってもない肴《さかな》である。

源九郎の部屋の腰高障子から、明りが洩《も》れていた。たしかに、だれかいるようだ。近付くと、かすかに男の声と将棋をさす音が聞こえてきた。

源九郎は腰高障子をあけた。すると、座敷で将棋をさしていたふたりの男が、同時に振り返った。ひとりは菅井。もうひとりは、還暦ちかいと思われる老武士だった。鬢《びん》や髷《まげ》には白髪が目立つ。武士といっても牢人であろうか。納戸《なんど》色の袷《あわせ》は色褪せ、茶の袴はよれよれである。なるほど、年格好も姿も源九郎に似ているようだ。

「おお、華町！」

老武士が声を上げた。懐かしそうなひびきがある。

だが、源九郎はだれか分からなかった。

丸顔で、目が細く、おだやかなそうな顔をしていた。源九郎は自分の顔と見比べることはできなかったが、顔付きもおれと似ているかもしれない、と思った。

「向田《むかいだ》だ、向田武左衛門《ぶざえもん》だ」

男はさも親しそうに言った。

「向田……」

「蜊河岸《あさりがし》で、いっしょだったではないか」

「ああ、向田か」

思い出した。蜊河岸にある鏡新明智流《きょうしんめいちりゅう》の道場で同門だった男である。

源九郎は十一歳のとき、桃井春蔵《もものいしゅんぞう》を道場主とする鏡新明智流の士学館《しがくかん》に入門して剣術を学んだ。そのとき、同門だったのが、向田である。ほぼ同じころ入門し、年齢も近かったので、門人だったころは親しく付き合っていたのだ。

ただ、源九郎は二十代半ばで、師匠のすすめる縁談をことわって道場に居づらくなり、ちょうどそのころ家督を継いだこともあって、道場をやめていた。その後、向田とは会っていないので、三十年の余も顔を合わせていなかったわけだ。

半年ほど前、やはり同門だった安井半兵衛《やすいはんべえ》と出会ったが、そのときもすぐに思い出せなかった。三十余年の歳月は長く、時の流れが若いころの姿を変貌させ、境遇も大きく変えてしまっているのだ。

「華町、忘れたか。いやァ、懐かしい。まァ、座れ。立っていては、話しづらい」

向田は破顔して言った。目を細めた顔は、いかにも嬉しげである。

「そうだな」

何が、座れだ、わしの家ではないか、と胸の内では思ったが、腹は立たなかった。源九郎の胸にも、懐かしさが込み上げてきたのである。

「それで、なんでおぬしが、ここで将棋をさしているのだ」

源九郎は、大根の煮染の入った丼を抱えたまま将棋盤を覗き込みながら訊いた。

将棋の形勢は菅井にかたむいているだろうか。となると、向田の将棋の腕は、たいしたことはなさそうである。

「おれが、誘ったのだ」

菅井が当然のことのように言った。

菅井によると、源九郎と将棋をさそうと思い、将棋盤と駒を持って部屋へ来ると、向田がひとりで土間に立っていたという。

何の用か尋ねると、向田は近くを通りかかり懐かしくなって立ち寄ったと話した。

「向田どのは、将棋をさすのか」

菅井が訊いた。

「並べる程度なら」

向田がそう答えたので、

「ならば、華町がもどるまで、ふたりで将棋をさしながら待とうではないか」

ということになったのだそうだ。

「それでな、こうして将棋をさしているわけだ」

菅井は将棋盤に目をやったまま言った。総髪が肩まで垂れ下がっている。頰が抉《えぐ》り取ったようにこけ、顎がとがっていた。陰気な顔が行灯《あんどん》の灯《ひ》を横から受けて、般若《はんにゃ》のように見える。

菅井紋太夫は五十一歳、生れながらの牢人である。両国広小路《ひろこうじ》で居合い抜きを観せて銭をもらう大道芸で暮らしを立てている。ただ、居合の腕は本物だった。田宮流《たみやりゅう》居合の達人だったのである。

菅井は無類の将棋好きで、何かにかこつけては源九郎の部屋に顔を出し、将棋相手にしているのだ。

「それで、おぬし、いまどこにいる」

源九郎が訊いた。

士学館に通っていたころ、たしか向田の父親は大身の旗本の用人をしていたはずである。源九郎は、その旗本の名も屋敷も忘れていた。

「本郷の方にな」

向田はそう言って、手にした桂馬を張った。向田の王が追いつめられ、詰みそうな局面である。

「たしか、旗本に仕えていたはずだな。家名は思い出せぬが」

「清水《しみず》家だ」

向田は顔を上げずに答えた。

「おぬしも、そうか」

当時、清水家に仕えていたのは向田の父親である。

「まァ、そうだ」

向田の物言いは曖昧だった。それに、向田の身装《みなり》だけ見ると、主《あるじ》持ちのようには見えない。源九郎と同じように牢人暮らしのようなのだ。

ただ、源九郎はそれ以上訊かなかった。暮らしぶりを詮索《せんさく》しては、悪いような気がしたのである。それに、源九郎自身、旧友には話したくないうらぶれた暮らしなのである。

それからいっときして、将棋の勝負がついた。やはり、勝ったのは菅井だった。

「向田どの、もう一局、勝負だ」

菅井が勢い込んで言った。満面に得意そうな笑みが浮いている。菅井にしてみれば、初対面の相手に勝ち、面目躍如といったところらしい。

「まだ、やるのか」

源九郎は腹が減っていた。それに、酒も飲みたい。

「一局だけで終りにしては、客人に失礼だろう」

菅井は勝手なことを言って、さっさと駒を並べ始めた。

向田も苦笑いを浮かべながら、将棋盤の前に座り直した。菅井に、付き合う気のようである。

「勝手にしろ」

源九郎は流し場から湯飲みを持ってくると、大根の煮染を肴に貧乏徳利の酒を手酌で飲み始めた。幸いなことに、酒だけは十分買い置きがあったのだ。

旨《うま》かった。空きっ腹に酒が染み込むようである。

一刻（二時間）ほどすると、酔いがまわって眠くなった。空きっ腹のせいで、いつもより酔ったらしい。

「おい、将棋は終らんのか」

源九郎は横になったまま訊いた。

「いま、いいところだ」

菅井が将棋盤を睨《にら》みながら言った。

勝負どころに入ったらしく、向田も将棋盤に見入っている。

「おれは、寝るぞ」

源九郎は部屋の隅に夜具をひっぱり出し、着替えもせずに横になった。勝負がつけば、ふたりとも勝手に帰るだろう。

三

源九郎は、耳元の鼾《いびき》で目を覚ました。

なんと、ふたりの男が背中合わせに掻巻《かいまき》をかけて眠っている。菅井と向田である。昨夜、そのまま眠ってしまったらしい。源九郎が眠った後、ふたりで貧乏徳利の酒を飲んだらしく、湯飲みがふたつ、将棋盤の脇に転がっていた。おそらく、将棋をさしながら飲んだのであろう。

……いい歳をして、だらしがない。

と、源九郎は思ったが、そう責めることもできなかった。源九郎も、着替えもせずに酔って寝てしまったのだ。

見ると、腰高障子が冬の陽射しにかがやいていた。陽はだいぶ高いようだ。五ツ（午前八時）を過ぎていようか。

源九郎は起き上がり、夜具を畳んで座敷の隅に置くと、流し場で顔を洗った。冷たい水が、体に残った酔いを洗い流してくれるようだった。

源九郎の使う水音で目を覚ましたのか、菅井が身を起こし、つづいて向田も目を覚ました。

「これは、何とも面目ない。知らぬ間に夜を明かしてしまった」

向田が、慌てて立ち上がった。狼狽《ろうばい》しているらしく、顔が赤くなっている。三十余年ぶりに訪ねてきた旧友の家で酔いつぶれ、そのまま寝込んでしまったのだから、赤面も当然であろう。

「いやァ、いい将棋だった。久し振りで、ぞんぶんに楽しませてもらった」

菅井の方は御満悦である。

「向田、ともかく顔を洗え」

「そうさせていただく」

向田は立ち上がると、はだけた袷の襟元を直し、捲《まく》れ上がった袴を下ろして皺《しわ》を伸ばした。

衣装だけでなく、髷はくずれ、白髪交じりの髭《ひげ》まで昨日より伸びて、鼻の下や顎のあたりが白くなっていた。源九郎に輪をかけたむさい老武士である。

源九郎が小桶に水を汲んでやると、向田は急いで顔を洗い、乱れた髷を直した。

「朝めしは、どうする。食っていくのなら、炊くぞ」

源九郎が訊いた。

「い、いや、帰らねばならぬ。それにしても、この歳になって朝帰りとは、何とも面目ない」

そう言いながらも、向田は大口をあけて笑った。それほど、反省はしていないようである。若いころはもうすこし分別があったような気がするが、歳を取って厚かましくなったのかもしれない。

源九郎も、それ以上朝餉のことは口にしなかった。源九郎自身、これから火を焚《た》き付けて、めしを炊く気などなかったのである。もうすこし我慢して、近所のそば屋か一膳めし屋にでも行って、腹ごしらえをするつもりだった。

向田は顔を洗うと、部屋の隅に置いていた二刀を帯び、

「いや、久し振りで楽しかった。華町、また寄らせてもらうぞ」

そう言うと、座敷で胡座《あぐら》をかいていた菅井にも、次は負けぬぞ、と声をかけてきびすを返した。

源九郎は、もう来なくともいい、と思ったが、胸の内とは裏腹に、

「待っておるぞ」

と言って、送り出した。

菅井は上がり框《がまち》のそばまで来て、向田を見送ったが、その姿が障子の間から消えると、

「それにしても、華町にそっくりだな」

と、源九郎と顔を見比べながら言った。

「似ているものか」

源九郎は不機嫌そうな顔をして言った。勝手に飛び込んできて、勝手に去っていった疫病神のような気がした。

「華町、あの男が来たら声をかけてくれ。おれと将棋がやりたいようだ」

菅井は満足そうな顔で言うと、戸口の草履をつっかけた。やっと、自分の家へ

もどる気になったようである。

それから三日後、ふたたび向田が長屋に姿を見せた。五ッ半（午前九時）ごろである。その日、源九郎は朝餉を終えると、めずらしく内職の傘張りに精を出していた。そのとき、戸口の向こうで足音が聞こえ、腰高障子があいて、向田が顔を出したのである。

ひとりではなかった。十三、四歳の少年を同行していた。元服前と見え、まだ頭は前髪である。ふたりとも大きな風呂敷包みを背負っていた。

「華町、先日はすまなかったな」

向田は照れたような笑いを浮かべて言った。

「その子は」

源九郎が訊いた。

「わしの倅の喬之助《きようのすけ》だ」

向田がそう言うと、脇にいた少年が、喬之助にございます、と言って、恭《うやうや》しく頭を下げた。

喬之助は色白でほっそりした感じがした。向田に似ていなかった。喬之助は細面だが、向田は丸顔である。妻女に似たのかもしれない。

「ご新造は」

「数年前に、流行風邪でな……」

向田は語尾を濁した。妻女のことは、あまり話したくないらしい。

「それで、その格好は？」

父子《おやこ》で、夜逃げでもしてきたような格好である。

「越してきたのだ」

「越してきただと、この長屋にか」

源九郎が驚いて訊いた。

「そうだ。先日、菅井どのに訊いたら、一部屋空いているそうだ。この長屋には、おぬしもいるし、それに将棋相手にもこと欠かないようだからな」

そう言って、向田が苦笑いを浮かべた。

確かに一部屋あいていた。半月ほど前、手間賃稼ぎの大工の家族が、安く借りられる借家が見つかったと言って越していったのだ。

「そ、そうは言っても、大家の許しを得ねばならぬし、請人も必要だろうし、すぐというわけには……」

源九郎は、呆《あき》れて言葉につまった。

「なに、請人にはおぬしになってもらうつもりだし、菅井どのも喜んでなると言ってくれた。それに、落ち着くまでは、菅井どのが、自分の部屋を使ってくれてもいいと言ってくれたのでな。それで、思い切って出てきたのだ」

向田は、ともかく背負った物を置かせてもらうぞ、と言って、上がり框のそばに風呂敷包みを置いた。喬之助も向田にならって、脇に下ろした。向田の大きな包みには夜具が、喬之助のそれには衣類や簡単な家財道具がつつんであるらしい。

「それにしても、前の住居《すまい》はどうしたのだ。それに、清水家に奉公しているのではないのか」

ここから、本郷にあるという清水家まで通うつもりであろうか。

「いや、清水家は追い出されたのだ。つまらん、落ち度を咎《とが》められてな」

向田が渋い顔をして言った。

「前の住居は」

「借家住まいだったが、家賃が払えなくなったのだ。清水家からの俸給がなくなったのでな」

向田は他人事のように話した。

「し、しかし、おぬし、ここで、どうやって食っていくのだ。まさか、わしや菅井を当てにしているのではあるまいな」

思わず、源九郎は口にした。源九郎自身、食っていくのがやっとで、とても他人の面倒など見られない。菅井も同様である。

「懸念にはおよばぬ。わしらの食扶持《くいぶち》ぐらいは何とかする。それに、多少の蓄えはあるのでな。おぬしらの世話にはならぬよ」

向田は当然のことのように言った。

源九郎は、向田が長屋に住むのも悪くないかもしれないと思った。いい飲み仲間になりそうだし、菅井の将棋相手にもなってくれるだろう。それに、場合によっては、向田の剣の腕を借りるようなことがあるかもしれない。

「そこまで言うなら、大家に話してみよう」

源九郎は片襷《かただすき》をはずして立ち上がった。

四

源九郎が路地木戸をくぐり、井戸端のそばまで来ると、お熊とお島《しま》が近寄ってきた。お島は、伸助《しんすけ》という大工の手間賃稼ぎをしている男の女房である。ふたりは水汲みにきて井戸端で顔を合わせ、おしゃべりをしていたらしい。井戸端に、ふたりの水の入った手桶が置いてあった。

源九郎は丸徳にできた傘をとどけた帰りだった。七ツ（午後四時）ごろである。昼ごろ長屋を出たのだが、丸徳の親爺と話し込んでいていまになってしまったのだ。

「旦那は、向田の旦那の知り合いなんだってね」

お熊が上目遣いに源九郎を見ながら訊いた。お島も、探るような目をむけている。詮索好きな長屋の女房連中は、越してきた向田のことが気になるらしい。

「そうだが」

「長屋のみんなは、華町の旦那がもうひとりいるようだ、と言ってますよ」

お熊がそう言うと、

「まったく、旦那と瓜ふたつ」

と、お島が言い添えた。

「年格好は似ているがな、おれは隠居で、向こうは子持だ。おれはふたりも孫のいる爺さんで、向こうは父親だ。だいぶ、ちがうではないか」

源九郎が首をすくめながら言った。日陰に立っていると、北風が身にしみるのである。

「その子持のことだけどね。あの子、喬之助さんといったかな、向田の旦那の子じゃァないような気がするんですよね」

お熊が目をひからせて言った。

「どうしてだね」

「顔が似てないじゃァないですか。それにあの歳で、あんな若い子がいるのも変ですよ。いまも、旦那が言ったとおり、あの歳なら孫のふたりや三人はいてもおかしくないもの」

お熊が言いつのった。脇で、お島がしきりにうなずいている。

「うむ……」

お熊の言うとおりである。こうしたことは、源九郎より長屋の女房連中の目の方が確かである。

だが、喬之助が向田の子でなくとも、いいではないかと源九郎は思った。突然、長屋に越してきたときから、向田には退《の》っ引《ぴ》きならない事情があるにちがいないと思っていたのである。

「それにさ、今日、若いお侍が向田の旦那を訪ねて来たんですよ」

急にお熊が声をひそめて言った。

「ほう、若い武士がな」

源九郎も興味を持った。

「歳のころは、二十四、五。丸顔で、細い目をしたお侍」

お熊がもったいぶった口調で言った。口元に意味ありげな笑みが浮いている。

「お熊、何か言いたそうだな」

源九郎が訊いた。

「旦那、ここまで話したら分かるでしょうよ。あたしは、そのお侍と向田の旦那がよく似てたってことが言いたいんですよ」

「なに、すると、その侍が、向田の子ではないかと見たわけだな」

「そうですよ」

「うむ……」

有り得ると、源九郎は思った。二十四、五なら、向田の子としてちょうどいい年頃だし、顔まで似ているとなれば、そうかもしれない。

「旦那、訊いてみたらどうなんです」

それまで黙っていたお島が、脇から口をはさんだ。

「何を訊けというのだ」

「向田の旦那に、今日来た侍が、実の子じゃァないかって」

「そうだな」

向田の請人になり、大家の伝兵衛に話してやったのだから、そのくらいのことは訊いてもいいだろう、と源九郎は思った。

「水汲みに来たのではないのか」

そう言い置いて、源九郎は井戸端から離れると、自分の家の前を通り過ぎて別棟に住んでいる向田の家へむかった。

向田と喬之助は部屋にいなかった。土間から出ると、ヤッ、ヤッ、という気合が聞こえた。見ると、向田と喬之助が、棟の隅の空地で木刀を振っている。ふたりそろって襷で両袖を絞り、袴の股だちを取っていた。勇ましい格好である。

木刀の素振りだけ見ても、向田が手練《てだれ》であることが分かる。腰が据わり、太刀筋がすこしも乱れていないのである。士学館に通っていたときも、向田は遣い手だったが、その後さらに腕を上げたようである。喬之助も、子供にしてはそこそこ遣えるようだが、向田と比べると雲泥の差があった。

「おお、華町」

向田が木刀を下ろして声をかけた。丸顔が紅潮し、額に汗が浮いている。かたわらにいる喬之助の顔も汗でひかっていた。

「さっそく稽古か」

「久しく、稽古をしておらんからな。体がなまっておる。どうだ、おぬしも。見たところ、体がたるんでおるぞ」

向田が声をはずませて言った。素振りのおりの胸の高鳴りが、まだ残っているらしい。

「いらぬお世話だ」

体がたるんでいるのは自覚していたが、いまさら鍛え直す気にもなれない。

「ところで、何か用か」

向田が訊いてきた。

「いや、たいしたことではないのだがな。長屋の者の話だと、おぬしの許へ若い武士が訪ねてきたそうだが、だれかと思ってな」

源九郎は遠回しに訊いた。

「もう、おぬしの耳に入ったのか。いや、長屋というのは、隠し事ができんな」

そう言って、大口をあけてわざとらしく笑った。

「それで、だれなんだ」

「あの男は、まァ、親戚筋だ」

向田の物言いには、何か隠しているようなひびきがあった。

「おぬしの子ではないのか」

ずばりと、源九郎が訊いた。

すると、向田は動揺したらしく、視線が落ち着きなく揺れたが、

「実は、欽次郎《きんじろう》といってな、先妻の子なのだ。……いや、隠すつもりはなかったが、そばにいない子をわざわざ話すこともないと思ってな」

そう言って、大口をあけてわざとらしく笑った。

「うむ……」

先妻の子なら似ていて当然であろう。それに、別に居を構えているなら、源九郎に話さなかったとしても非難することはできない。

「今度、長屋に来たら、おぬしにも会わせよう」

向田が笑いを消して言った。

「楽しみにしていよう」

源九郎は、欽次郎がどこに住んでいるのか訊こうとしたが、やめた。そこま

で、詮索することはないのである。

「そのうち、一杯やろう」

そう言い残して、源九郎はきびすを返した。

五

その日、朝から小雨だった。朝餉を終えたころになると、菅井が向田をともなって源九郎の家へ姿を見せた。

「どうした、ふたり揃って」

源九郎が片襷をはずしながら訊いた。これから、傘張りでもしようかと思い、襷をかけたところだったのだ。

「雨が降れば、これしかあるまい」

菅井が手にした将棋盤を差しだした。

菅井は両国広小路で居合抜きの大道芸を観せて口を糊していたが、雨や強風の日は仕事にならない。これまでも、そうした日は源九郎の部屋に来て、将棋をさすことが多かったのだ。

一方、源九郎は部屋のなかでの仕事なので、天候にはかかわりなく仕事ができる。源九郎にとっては、菅井の都合でへぼ将棋に付き合わされるのは、いい迷惑なのだが、菅井は源九郎の都合などまったく頓着ないのである。

「向田も、誘ったのか」

源九郎が向田に目をむけて訊いた。

「そうだ。今日は、三人でじっくりやろうと思ってな。向田どのも、その気で来ておられるのだ」

菅井がニンマリして言った。

「まァ、上がれ」

迷惑だが、追い返すわけにもいかなかった。それに、向田がいるなら、ふたりで対局させればいいのだ。

ふたりが座敷に上がると、源九郎は、

「まず、ふたりで対局したらどうだ。わしは茶でも淹《い》れよう。ちょうど、朝沸かした湯があるからな」

そう言って、さっさと土間の竈《へっつい》のそばへ行ってしまった。ふたりに茶を淹れてやったら、傘張りの仕事をしようかと思ったのである。

さっそく、菅井と向田が将棋盤を前にして座し、駒を並べ始めた。

そのときだった。戸口で下駄の音がし、腰高障子が勢いよくあいた。顔を出したのは茂次《しげじ》である。

「今度は、おまえか」

源九郎はうんざりした顔をした。

茂次も長屋の住人で、研師《とぎし》である。路地や長屋をまわり、包丁《ほうちょう》、鋏《はさみ》、剃刀《かみそり》などを研いだり、鋸《のこぎり》の目立てなどをして暮らしている。少年のころ、刀槍を研ぐ高名な研屋に弟子入りして修行したのだが、師匠と喧嘩して飛び出したらしい。茂次も、その道から挫折したはぐれ者なのである。

茂次も何かと理由をつけては、仕事を休み、源九郎や菅井の部屋へ入り浸っていることが多い。ちかごろ、幼馴染みのお梅《うめ》と所帯を持ったのだが、暮らしぶりは独りのときと変わらないようである。

「あっしは、将棋を見物に来たんじゃァありませんぜ」

茂次が向田に目をやりながら言った。無遠慮に、ジロジロ見ている。向田の噂は聞いているはずだが、向田の顔を見るのは初めてなのだろう。

「では、何しに来たのだ」

源九郎が湯の入った鉄瓶を手にしたまま訊いた。

「それにしても、旦那によく似てやすね。長屋の女房連中が噂してたとおりだ」

茂次が向田と源九郎を交互に見ながら言った。

「おまえ、わしと向田どのの顔を見比べに来たのか」

「いえ、そうじゃァねえ」

「では、何しに来たのだ」

源九郎の声に、苛《いら》立《だ》ったようなひびきがくわわった。

「御舟蔵《おふなぐら》の近くの大川端で、人殺しがあったそうなんで」

「それで？」

「旦那方が見に行くんじゃァねえかと思って、知らせに来たんでさァ」

「わしらは、町方ではないぞ」

人殺しがあったからといって、その都度見物に行くほど物好きではない。

「それが、殺《や》られたのは侍なんで」

茂次は、さらにつづけた。

「侍なら、なおさら行く気はない。どうせ、牢人者の喧嘩か、辻斬りにでも斬られたかであろう」

「歳のころは、三十がらみ。羽織袴姿で、御家人ふうだそうですぜ。それに、差料もふところの財布も残っていたそうだから、辻斬りや追剝《おいは》ぎに殺られたんじゃァねえ」

茂次がそこまで話したときだった。

ふいに、向田が立ち上がった。血相が変わっていた。顔がこわばり、細い目がつり上がっている。

「町人、場所を知っているか」

向田が鋭い目で茂次を見すえて訊いた。

「へ、へい……」

思わず、茂次が首をすくめて尻込みした。向田の剣幕に驚いたらしい。

「案内《あない》してくれ」

向田は、すぐに傍らに置いてあった大小を腰に帯びた。

「お、おい、将棋はどうするんだ、将棋は」

菅井が慌てて言った。困惑したように顔をゆがめている。

「将棋は後にしてくれ」

向田は、町人、案内を頼む、と言って、土間へ下りた。

すると、茂次は、

「旦那方は、どうしやす」

　と、源九郎と菅井に目をむけて訊いた。

「将棋ができぬなら、行くしかあるまい」

　菅井も刀を手にして腰を浮かした。

「わしも、行くよ」

　源九郎は鉄瓶を竈の脇に置くと、菅井の後ろへついた。傘張りをする気は失《う》せていたし、ひとりだけ長屋に残っていてもやることがないのだ。

　茂次と向田につづいて、源九郎と菅井が戸口から出た。いつの間にか雨は上がっていた。長屋はひっそりとしている。路地を湿り気を帯びた冷たい風が吹き抜けていく。

　長屋を出たところで茂次に訊くと、今日は小雨だったので仕事に出て、竪川にかかる一ッ目橋を渡ったところで知り合いのぼてふりから人殺しのことを聞き、現場を見てきたという。

「それで、旦那方にお知らせしようと、長屋へとんぼ返りでさァ」

　茂次が得意そうな顔で言った。

「それで、仕事は」

「人殺しを目にしちまっちゃァ、仕事も手につかねえ」

「うむ……」

お節介な男だ、源九郎は思ったが、黙っていた。そのお節介な男の話を聞いて、長屋を飛び出してきた自分たちも似たようなものだと思ったからである。

六

竪川にかかる一ツ目橋を渡ってすぐ、水戸家の石置場があった。大川の川岸である。その石置き場近くの叢《くさむら》のなかに人だかりがしていた。野次馬である。通りすがりのぼてふりや店者《たなもの》などが、足をとめて見ているようだ。

その人だかりのなかに、八丁堀同心の姿もあった。南町奉行所、定廻り同心の村上彦四郎《むらかみひこしろう》である。そばに小者の伊与吉《いよきち》や岡っ引きらしい男の姿もあった。

源九郎は村上と面識があった。これまで源九郎が巻き込まれた事件のかかわりで、村上と何度か顔を合わせていたのである。

源九郎たちは人垣の後ろについた。肩越しに覗くと、殺されている武士は村上の足元に横たわっていた。伏臥《ふくが》しているため顔は見えない。黒羽織に茶の袴を穿《は》いていた。斬り合ったのか、右手に刀を持っている。

武士の肩口に刀傷があった。首筋や顎のあたりが、どす黒い血に染まっている。おそらく、袈裟《けさ》に斬られたのであろう。

……下手人は武士のようだ。

と、源九郎は思った。

斬られた武士を仰臥《ぎょうが》させれば、傷口がはっきり見え、下手人の手並が分かるかもしれない。

そのとき、ふいに向田が人垣を掻《か》き分けて前に出た。

「すまぬが、その者の顔を見せてくれぬか」

向田が村上に声をかけた。

村上はうさん臭そうな顔をして向田を一瞥《いちべつ》した後、

「そこもとは、どなたかな」

と、訊いた。向田は牢人体で老いていたが、一応武士なので、頭ごなしに、下がれ、とは言わなかったようだ。

「通りすがりの者だが、わしの知り合いかと思ってな」

向田がそう言うと、村上も斬られている武士の身元が知れれば、探索に役立つと思ったらしく、

「分かった。顔を見てくれ」

そう言って、そばにいた伊与吉と岡っ引きに、伏臥している武士を仰向けにするよう命じた。

仰臥した武士は、苦悶《くもん》に顔をゆがめていた。目を剝《む》き、ひらいた口から歯が覗いている。肩から胸にかけて、一太刀に斬り下げられていた。着物が裂け、どっぷりと血を吸ってどす黒く染まっている。

その顔を見て、一瞬、向田の顔から血の気が失せた。息を呑んでいる。

「どうだ、そこもとの知り合いかな」

村上が促すように訊いた。

「い、いや、それがしの思いちがいでござった。見ず知らずの者でござる」

向田は声をつまらせて言うと、慌てて村上に一礼して人垣のなかへ退いた。

村上は苦虫を嚙み潰したような顔をして、目の方も耄碌してるようだ、とつぶやいた。

その様子を見ていた源九郎は、

……向田の縁者か知己だ。

と、察知した。しかも、向田は自分との関係を隠そうとしている。何かいわくがありそうである。

「下手人は、なかなかの遣い手だな」

脇にいる菅井が、源九郎に小声で言った。

「しかも、剛剣だ」

斬られた武士は一太刀に仕留められていた。袈裟斬りだが、肩口から腋まで深く斬り下げている。剛剣の主でなければ、これだけの深い刀傷は生じないだろう。

そんな話をしている源九郎のそばに、向田が身を寄せ、

「長屋にもどろう。わしの思いちがいだったようだ」

そう言って、きびすを返した。

長屋へ帰る途中、源九郎は向田にそれとなく斬殺されていた武士のことを訊いてみたが、向田は苦渋の顔をして押し黙っていた。話す気にはなれないらしい。

長屋にもどり、菅井が将棋盤の前に座ろうとすると、向田が、

「わしは、将棋をする気になれぬ。今日のところは、これで失礼しよう」

と言い残し、そそくさと自分の家へもどってしまった。

「どうしたんだ、向田どのは……」

菅井が情けないような顔をしてうなだれた。

「何か、いわくがありそうだな」

「華町、将棋をさす気はないのだろう」

菅井はうなだれたまま、諦《あきら》めたように言った。

「ああ」

源九郎、菅井、茂次の三人は、並んで上がり框に腰を下ろし、いっとき黙ったまま土間に視線を落としていたが、

「亀楽《きらく》で一杯やるか」

と、菅井が言い出した。菅井も将棋をやる気がなくなってしまったらしい。

亀楽は、はぐれ長屋の近くにある縄暖簾《なわのれん》を出した小体《こてい》な飲み屋である。あるじは元造《もとぞう》。寡黙な男で、いつもむっつりしていて愛想のひとつも言わない。しかも、肴は煮染と漬物ぐらいしかない日が多い。それでも、はぐれ長屋の男たちは亀楽を贔屓《ひいき》にしていた。それというのも、酒は好きなだけ飲ませるし、何より安かったからである。

「一杯やるには、すこし早いな」

まだ昼前である。

「いいではないか。元造に頼んでめしも出してもらおう」

菅井は、ついでに昼めしにしたいらしい。

「行きやしょう」

茂次が勢いよく立ち上がった。目がかがやいている。

「せっかくだ。孫六《まごろく》と三太郎《さんたろう》にも声をかけよう」

源九郎が立ち上がって言った。

孫六は還暦を過ぎた年寄りである。番場町《ばんばちょう》の親分と呼ばれた腕利きの岡っ引きだったが、いまは隠居して、長屋に住む娘のおみよの世話になっている。

三太郎は砂絵描きだった。砂絵描きは、染粉で染めた砂を色別の袋に入れて持ち歩き、人出の多い寺社の門前や広小路などに座り、地面に水を撒《ま》いた上に色別の砂をたらして絵を描く見世物である。大道芸のひとつで、見物客が感心して投げる銭が暮らしの糧となる。

源九郎、菅井、茂次、孫六、三太郎の五人を知る者は、はぐれ長屋の用心棒などと呼んでいた。それというのも、これまで依頼されて無頼牢人に脅された商家を助けたり、勾引《かどわか》された御家人の娘を助け出したり、仇討ちの助太刀をしたりしてきたからである。

「あっしが、孫六のとっつァんと三太郎に話してきやす」

茂次がそう言い残して、戸口から飛び出していった。

七

「向田どのだが、どうも様子がおかしい」

菅井が渋い顔をして言った。

暮れ六ツ（午後六時）前だった。南の空は残照につつまれ、長屋は淡い鴇《とき》色に染まっている。

長屋からは、子供の泣き声、亭主のがなり声、女房の甲高い声などにくわえ、水を使う音や腰高障子をあけしめする音などが喧《やかま》しく聞こえてきた。亭主たちが仕事から帰り、一日のうちで長屋が最も賑やかになる夕餉前である。

この日、菅井は両国広小路で見世物を終えて長屋に帰ってくると、源九郎の部屋へ立ち寄ったのである。

「何かあったのか」

「いや、何かあったわけではないがな。今日、広小路を歩いている向田どのの姿を見かけたのだ」

「それで」

源九郎も興味を持った。

大川端で武士の斬殺死体を見てから、源九郎は向田が何か大事なことを隠していると感じていたのだ。

「若い武士と連れ立って歩いていたのだが、深刻な顔をして何か話していたぞ」

菅井が額に縦皺を刻み、深刻そうな顔をした。

「それで、何を話していたのだ」

「そんなことは分からん。人混みのなかで、ふたりの姿を見かけただけだ」

「うむ……」

何のことはない。ただ、向田が若い武士と話しながら歩いていただけのことではないか。

源九郎が不興そうな顔をしたのを見た菅井が、

「それだけではないぞ」

と、慌てて言った。

「このところ、長屋にいても様子がおかしい。おれとの将棋を拒むし、喬之助と部屋に籠ってほとんど外に出ん。それにな、長屋の女房連中の噂では、長屋の路地木戸を出入りするとき、かならず通りの左右を見ているというぞ。自分たちの所在をつかまれぬよう警戒しているのではないかな」

「そうかもしれんな」

源九郎も、長屋の噂は聞いていた。

「向田どのは、長屋に身をひそめているのではないのか」

菅井が声をひそめて言った。

「わしも、そんな気がする」

向田と喬之助は何者かに追われているのではあるまいか。その追っ手の目から逃れるために、はぐれ長屋に越してきたのかもしれない。

「華町、どうする」

菅井が源九郎を見つめながら訊いた。

「気になるが、もうすこし様子を見よう。わしらが勝手に動けば、かえって向田に迷惑がかかるかもしれんからな」

何かことが起これば、向田から話があるだろう、と源九郎は思った。

菅井は不満そうな顔をしたが、それ以上は言わず、自分の部屋へもどっていった。

二日後、源九郎は深川の富ヶ岡八幡宮へ行き、護符をもらってから六間堀町の華町家へむかった。

昨日、井戸端でお熊たち数人の女房連中が、松吉《まつきち》という三つになるぼてふりの子が風邪にかかり、高熱を出していると聞いて、八重のことが急に心配になった。

お熊たちによると、八幡宮の疫病除けの護符を戸口に貼れば、疫病を退散させるし、病気にかかってしまった場合は病人の枕元に置けば、本復《ほんぷく》まちがいないというのだ。

源九郎は、神仏の護符や祈禱《きとう》などはあまり信じない方だったが、その護符が気休めになり、すこしでも快方へむけば、無駄ではないと思ったのだ。それに、源九郎は俊之介から訊きたいこともあった。

華町家へ着いたのは、七ツ（午後四時）ごろだったが、俊之介は家にいた。戸口で声をかけると、俊之介だけが姿を見せ、君枝もふたりの孫も出てこなかった。

何かあったのか、俊之介は憔悴《しょうすい》したような顔をしていた。

「どうしたな、君枝の具合でも悪いのか」

源九郎が訊いた。いつもなら源九郎が戸口から声をかけると、真っ先に姿をあらわすのが君枝と孫の新太郎だったのだ。

「それが、ふたりとも寝込んでしまいましてね」

俊之介は、ともかく上がってください、と言って、源九郎を招じ入れた。

源九郎は居間に腰を下ろすと、

「風邪か」

と、すぐに訊いた。奥の座敷で、コホ、コホと咳の音が聞こえたのである。

「そうなんです。八重の風邪が移ったらしくて……」

俊之介によると、八重の風邪が治るとすぐに、新太郎が咳をし始め、一昨日から君枝も寝込んでしまったという。

「そういうわけで、今日は非番でもあり、わたしが三人の面倒を見ているのです」

俊之介の顔には、げんなりした表情があった。三人の面倒を見るだけでなく、慣れない家事にも手を出しているのだろう。

「風邪なら、そう長くはあるまい。養生すれば、二、三日で治る」

源九郎が励ますように言った。

「それなら、いいのですが」

「それに、いい物を持ってきたぞ」

源九郎は懐から恭しく護符を取り出した。

「なんです」

「富ヶ岡八幡宮の護符だ。霊妙な効験のある護符でな、これを患者のそばに置いておけば、たちどころに疫病は去るとのことだ」

源九郎は三枚の護符のうち、二枚を俊之介に手渡した。

ついでなので、源九郎は長屋にも貼ろうと思い、三枚求めてきたのである。

「ありがとうございます」

俊之介は、神妙な顔をして護符を捧げて頭を下げた。

俊之介は、さっそく護符を手にして君枝と新太郎の寝ている奥へむかった。枕元にでも置いてくるのだろう。

俊之介がもどると、

「ところで、俊之介に訊きたいことがあるのだがな」

源九郎が切り出した。大川端で斬殺されていた武士のことを訊いてみようと思ったのだ。俊之介は御納戸同心として同僚と話すことも多く、御家人や旗本のことは源九郎よりはるかに詳しかった。

「何です」

「半月ほど前のことだが、大川端で武士が斬り殺されたのだが、話を聞いているかな」

源九郎は、向田たちと大川端まで見にいったことは話さなかった。

「ええ」

「斬られた武士の名が分かるか」

「さァ、分かりませんが……。本郷に屋敷のある旗本、清水八十郎《やじゅうろう》さまの家士と聞いています」

「清水家の者か」

やはり、向田とつながりのある者のようだ。

俊之介によると、斬殺された武士は清水家の家士や中間の手で引き取られたという。

「それで、清水さまの役柄は」

「二千石の大身ですが、小普請です」

「家士は、なぜ、斬られたのであろうな」

そこまでは俊之介も知らないだろうと思ったが、源九郎は念のために訊いてみた。

「さァ、見当もつきませんが」

俊之介は首をひねった。

それから、源九郎は清水家のことをいろいろ訊いてみたが、俊之介も清水の名と石高ぐらいしか知らなかった。

ただ、下手人の噂は聞いているらしく、

「ちょうど、現場を通りかかった男が、その場から立ち去る妙な武士の姿を見かけたようですよ」

と、小声で言った。

「妙な武士というと」

「それが、黒布で面垂《おもだ》れのように鼻からしたを隠していたようなのです」

「面垂れな」

源九郎は、黒布で面体を隠していたのであろうと思った。

「君枝に無理をさせず、養生させろよ」

そう言い置いて、源九郎は腰を上げた。これ以上、俊之介を居間に引き止めておくのは、かわいそうな気がしたのである。

屋敷の外へ出ると、陽は家並のむこうへまわっていた。町筋は淡い夕陽につつまれている。まだ、暮れ六ツ（午後六時）前だが、六間堀沿いの通りは、ひっそりとして人影もまばらだった。風邪の流行が外出を妨げているのかもしれない。

竪川沿いの道から長屋につづく路地へ入ると、すぐに長屋の路地木戸が見えてきた。通り沿いの表店のほとんどは店仕舞いしている。

……だれかいるぞ。

源九郎は、路地木戸の脇に立っている男を目にとめた。

武士体だった。羽織袴姿で二刀を帯びている。軽格の御家人か江戸勤番の藩士といった格好である。三十がらみ、面長で顔の浅黒い男だった。木戸の脇から長屋を覗いている。

「長屋に、何か用かな」

源九郎が後ろから声をかけた。

男は振り返り、源九郎を見ると、ギョッとしたように立ち竦《すく》んだ。突然、熊にでも出会ったような驚愕《きょうがく》と恐怖の入り交じったような顔をしている。

だが、その顔が急に戸惑うような顔になり、
「い、いや、何でもござらぬ」
慌ててそう言うと、きびすを返し、足早に遠ざかっていった。
源九郎は、首をひねりながら去って行く男の後ろ姿を見送っていたが、
……あの男、わしと向田を間違えたのではあるまいか。
と、思い当たった。
どうやら、向田にかかわりのある者が長屋の様子を窺《うかが》っていたようだ。

第二章　悪　計

一

「お熊、いるか」

源九郎は、お熊の家の戸口から声をかけた。すぐに、床板を踏む重い足音が聞こえ、土間へ下りる音がして腰高障子があいた。

「旦那、朝めしの残りでよければ、あるよ」

お熊が源九郎の顔を見るなり言った。朝餉《あさげ》を炊くのが面倒なので、握りめしでも無心に来たと思ったらしい。

「いや、朝めしは食った」

源九郎は苦笑いを浮かべて言った。

「何か、用があるのかい」

お熊は土間から外へ出てきた。

「頼みがある。これを、松吉の家へとどけて欲しいのだ」

そう言って、源九郎はふところから富ヶ岡八幡宮の護符を取り出した。自分で持って行くのは照れくさかったのである。

「八幡さまの御札じゃないですか」

「そうだ。松吉の具合がよくないと聞いたのでな。昨日、八幡さままで出かけて、もらってきたのだ」

そう言って、源九郎が護符をお熊に手渡すと、

「旦那、やさしいねえ。……わざわざ、八幡さままで行ったのかい」

お熊が涙声になって言った。こうした人情に、感じやすい質《たち》らしい。

「まァ、そうだ」

源九郎も、孫の護符をもらうついでだとは言えなくなり、言葉を濁した。

「すぐ、行ってくる。旦那からだって、言うからね。笹七《ささしち》さんもお繁《しげ》さんも、喜ぶよ」

お熊はそう言い残し、そそくさと出ていった。

笹七とお繁は、松吉の両親だった。一人っ子の松吉を、ことのほかかわいがっている。

源九郎が自分の部屋へもどり、傘張りをしていると、お熊が顔を出した。手に貧乏徳利を提げている。

「酒だよ。お繁さんがね、お礼がしたいが、旦那の気に入るような物はないので、これを飲んでくれって言ってましたよ。……亭主の笹七に飲ませようと思って買っておいたらしいんだけどね、笹七さんも、松吉の病気で酒を飲む気にもなれないからって」

お熊は上がり框《がまち》に腰を下ろして、貧乏徳利を脇に置いた。

「それはありがたい」

酒なら、いくらあってもいい。源九郎の他にも、菅井や茂次たちが勝手に来て飲んでいくだろう。

お熊は、すぐに腰を上げなかった。源九郎に何か話したいことがあるらしい。

「ねえ、旦那」

源九郎が黙っていると、お熊が声をあらためて言った。

「向田の旦那のこと、訊《き》いてます？」

「何のことだ」

また、向田の話か、と源九郎はうんざりした気持になった。

「昨日、お侍が訪ねてきましたよ」

「前にも来たことがあるぞ。何でも、向田の血縁の者だそうだ」

源九郎は、傘の骨に糊を塗る刷毛《はけ》の手を休めずに言った。

先妻の子の欽次郎のことは、伏せておいた。そこまで、話すこともないと思ったのである。

「それが、前の人とはちがうんですよ。三十がらみかね、背丈があって面長の人……」

「別人か」

年格好も容貌も、欽次郎とはちがうようだ。

「その人、向田の旦那と、むずかしい顔をして長屋から出て行ったんですよ」

お熊が源九郎の方に首をまわして言った。

「向田の縁者だろう。気にすることもないと、思うがな」

長屋の者は、越してきた住人が気になるらしい。それも、武士の父子《おやこ》だからよけいだろう。

「あたしが見たところ、きっと、厄介《やっかい》なことに巻き込まれてますよ」

「まァ、何かあれば向田が話すだろう」

「まったく、旦那は呑気《のんき》なんだから。あたしはね、何かあってからでは遅いと思って言ってるんですよ」

お熊が苛立《いらだ》った声で言って、立ち上がった。これ以上、源九郎と話しても無駄だと思ったらしい。

お熊が腰高障子に手を伸ばそうとしたとき、戸口に近付いてくる足音がし、ふいに障子があいた。

お熊が、ヒッと喉のつまったような声を洩《も》らし、その場に凍り付いたようにつっ立った。

なんと、お熊の目の前に向田と背の高い武士が並んで立っている。

「華町はいるかな」

向田が目を細めて、お熊に訊《き》いた。

「い、いますよ」

お熊はひき攣《つ》ったような顔で振り返り、だ、旦那、向田さまが……、と言ったきり、目を剝《む》いていたが、すぐに自分が戸口で向田たちが入ってくるのを邪魔していると気付き、慌てて向田の脇をすり抜けた。

源九郎は、手にした刷毛を置いて立ち上がった。向田が同行してきたのは、お熊が話していた武士らしい。

「仕事の邪魔をしてすまぬな」

向田が小声で言った。口元の笑みは消えている。何か、大事な話があって来たらしい。

「そちらの御仁《ごじん》は」

源九郎は片襷《かただすき》を取り、上がり框のそばへ来て座った。

「横川八之丞《よこかわはちのじょう》でござる」

長身の武士がそう言って、ちいさく頭を下げた。

眉《まゆ》の濃い、眼光の鋭い男だった。羽織袴姿で二刀を帯びていた。軽格の御家人か旗本の家士といった感じがする。

「それがし、華町源九郎にござる。見たとおりの牢人暮らし、傘張りなどして口を糊してござる」

源九郎がそう言うと、向田が、

「華町、おぬしのことは横川に話してある」

と、小声で言った。

「それで、何用でござるかな」

源九郎がふたりに目をやりながら訊いた。

「おぬしに、頼みがある」

向田が声をひそめて言った。顔に深刻そうな色がある。

「このようなところでは、話しづらいのではないか」

源九郎は、向田たちが望むなら亀楽に行って、一杯やりながら話してもいいと思った。

「いや、ここでいい。かえって、他人の目を気にせずに話せる」

そう言って、向田が上がり框に腰掛けると、横川も向田にしたがって脇に腰を下ろした。

二

「それで、頼みというのは」

源九郎が訊いた。

「わしらに、手を貸してもらいたい」

向田が真剣な顔で言った。

「突然、手を貸せといわれてもな。わしは見たとおりの痩《や》せ牢人、傘張りぐらいしかできぬが」

源九郎が戸惑うような顔をして言った。迂闊《うかつ》に、話を聞くことはできなかった。聞けば、断れなくなるかもしれない。向田が若いころ同門であったから、なおさらである。

「おぬしたちが、はぐれ長屋の用心棒と呼ばれ、これまで旗本の子を助け出したり、敵討ちの助太刀をしたりしてきたことを承知の上で頼んでいる」

向田が源九郎を見すえて言った。

すると、脇にいた横川が、それがしからも、お頼みもうしまする、と言って、源九郎に頭を下げた。

「すると、わしらのことを承知で、この長屋に越してきたのか」

源九郎が訊いた。

「それもあるが、喬之助さまの身を守るために、敵の目から逃れねばならなかったのだ」

向田は、喬之助さまと呼んだ。喬之助は向田の子ではなく、仕えている主筋の子のようである。おそらく、向田は敵の目を欺《あざむ》くために自分の子と偽って長屋に連れてきたのであろう。

「喬之助さまと呼んだが、どなたのお子なのだ」

源九郎が訊いた。ともかく、事情だけは聞いてみようと思った。

「清水忠四郎《ただしろう》さまのご嫡男なのだ」

「清水家の方か」

源九郎は、俊之介から清水家の当主は清水八十郎と聞いていた。となると、当主の嫡男ではないことになる。

「忠四郎さまは、清水家を継いでいる八十郎の兄に当たるお方で、十年ほど前にお亡くなりになった」

向田は主家にあたる当主を呼び捨てにしていた。顔にも憎悪の色がある。八十郎を強く憎んでいるようである。

「何か、いわくがあるようだな」

「ある。悪辣《あくらつ》な陰謀がな」

向田が話したことによると、当時忠四郎が清水家の当主で、次男の八十郎は部屋住みだったという。

ところが、十年ほど前の冬、忠四郎は突然腹痛を訴えて二日ほど苦しんだ末に急死したという。医師、玄仙《げんせん》の診断《みたて》は、癪《しゃく》ということだった。この時代、腹部の発作的な激痛をすべて癪と呼んでいたのである。

忠四郎が急逝したとき、嫡男の喬之助は、まだ三つだった。そこで、喬之助が元服するまでという条件で、部屋住みだった八十郎が清水家を継いだ。

ところが八十郎が清水家を継いだ三年後の夏に、今度は忠四郎の奥方だった萩《はぎ》枝《え》が急逝した。萩枝は突然腹痛と激しい吐瀉《としゃ》で苦しみ、翌日に亡くなったのである。玄仙は霍乱《かくらん》と診断た。

夏の暑い日に飲食して、激しく吐瀉して苦しむ病を霍乱と称していた。

「奥方が急逝した後に、忠四郎さまと萩枝さまは何者かに毒殺されたのではないか、との噂が清水家の奉公人の間でささやかれるようになったのだ」

向田が声をひそめて話した。

当時、向田は亡くなった父親の跡を継いで清水家の用人をしていたという。向田も夫婦の相次ぐ不審な急死に、毒殺を疑った。忠四郎夫婦を毒殺するとすれば、家を継いだ八十郎しか考えられないが、証拠は何もない。推測だけで、そのようなことを口にすることはできなかった。

「萩枝さまが亡くなった翌年、八十郎は菊乃《きくの》という旗本の娘を奥方に迎えたのだ」

向田はさらに話をつづけた。

八十郎に嫁いだ菊乃は、二年後に嫡男を出産し、松太郎《まつたろう》と名付けた。

「松太郎が成長するにつれ、喬之助さまに対する八十郎の態度が変わってきたのだ。表面は以前と同じように接していたが、喬之助さまに向けられる目は冷ややかで、わしの目には殺意を抱いているようにも見えた。そのようなおり、古くから清水家に奉公している中間が、玄仙と八十郎が、柳橋の料理屋から親しそうに話しながら出て来るのを見た、とわしに話したのだ。……わしがそれとなく調べてみると、それまで何度も柳橋や不忍池近くの料理屋で、玄仙と八十郎が密会をしていることが分かった。わしは八十郎が玄仙から調合してもらった毒薬で、忠四郎さまと萩枝さまを毒殺したのではないかと疑った。そして、今度は喬之助さまの命を狙っているのではないかと懸念したのだ。……八十郎にすれば、喬之助さまが元服されて清水家を継ぐ前に命を奪いたいはずだからな」

「それで、どうした」

源九郎は、いつの間にか向田の話に引き込まれていた。

「わしは何としても喬之助さまの命を守り、清水家を継がせねばならぬと決心した。それが、これまで父とわしの二代に渡って、御奉公させていただいた忠四郎さまへの御恩に報いることになると思ったのだ」

「うむ……」

向田は思ったより律義な男のようである。

「わしは、ひそかに喬之助さまを連れて清水家を出た。そして、わしの嫡男の欽次郎を連れ、三人で神田三河町の借家に移り住んだ」

ところが、借家に住むようになって一年ほどしたとき、突如、五人の男に借家を襲われた。いずれも、牢人と御家人ふうの武士だったという。

「そのとき、ここにいる横川、それに大川端で殺されていた笹沢《ささざわ》周助《しゅうすけ》が襲撃を事前に察知して駆け付けてくれ、辛うじて逃れることができたのだ」

向田によると、襲ったのは八十郎に金で買われた無頼牢人や御家人くずれの武士らしいという。

「大川端で、死体を見て驚いたのは笹沢という男だったからだな」

源九郎は腑に落ちた。

「そうだ。横川と笹沢は、その後もわしらとともに喬之助さまを守ってくれていたのだ」

　向田がそう言うと、脇で聞いていた横川が、

「われらは親の代から清水家にご奉公いたし、忠四郎さまにはことのほか恩義を感じておりました。ご嫡男の喬之助さまをお守りし、清水家を継いでいただくのは、われらの悲願でござる」

　と、思いつめたような顔で言った。

「すると、笹沢という御仁を斬ったのは、八十郎に金で買われた者たちか」

「おそらく、三河町の借家を襲った者たちであろう」

　向田が言った。

　黒い面垂《おもだ》れで顔を隠していたのは、八十郎の手の者らしい。

「それでどうした」

　源九郎は話の先をうながした。

「わしらは三河町の借家を出た後、一時、佐久間町にある横川家の近くの長屋に越したのだが、八十郎の手の者に、見つかりそうでな。いい隠れ家はないかと、探しているときに、おぬしたちの噂を耳にしたのだ」

「そういうわけか」

源九郎は、向田と喬之助が強引に長屋に押しかけて移り住んだ理由が分かった。

「ところが、ここも八十郎の手の者に、嗅《か》ぎ付けられたらしいのだ」

向田が苦渋の顔をして言った。

「そのようだな」

源九郎は、路地木戸から長屋の様子を窺《うかが》っていた武士のことを向田に話した。

「やはり、そうか」

向田が横川と視線を合わせてうなずき合った。

「それで、わしらに頼みというのは？」

源九郎が訊いた。まさか、八十郎の清水家にかかわる悪計と喬之助の身の上を聞かせたかったわけではあるまい。

「わしらとともに、喬之助さまを守って欲しいのだ。住居《すまい》を変えてもいずれつきとめられ、きゃつらに襲われるであろう。それならばいっそのこと、この長屋に陣をかまえ、敵勢を討ち取って決着をつけた方がよいと存念したのだ」

向田が強い口調で言った。まるで、戦国武将のような物言いである。

「長屋に陣をな」

源九郎は、はぐれ長屋と揶揄《やゆ》される朽《く》ちかけた棟割り長屋に、陣を構えるも何もないだろうと思った。

「この長屋には、華町どのと菅井どのがおられる。それに、向田どのが、喬之助さまのそばについておられれば、八十郎の手の者が襲ってきても撃退できると踏んだのでござる」

脇から横川が言い添えた。

「だが、菅井が承知するか、どうか」

源九郎はそう言ったが、源九郎自身もふたりに助勢するか、決めかねていたのだ。

「華町、われらは若いころ、士学館で共に汗を流した仲だな」

向田が訴えかけるように言った。

「ああ……」

いまさら、若いころのことを持ち出されても困る、と源九郎は思った。

「むかしから、おぬしは同門の者を大事にした。おそらく、いまもあのころと心根は変わるまい」

向田がもっともらしく言った。

「うむ……」

とんでもない、若いころとはすっかり変わっている、わしらが娘や幼子を助け、敵討ちの助勢などをしてきたのは、すべて金ずくなのだ。

「どうだな、わしらに力を貸してくれる気になったかな」

向田が心底を覗くような目をして源九郎を見た。

まだ、源九郎は決めかねていた。若いころ同門だったことなど、どうでもいいが、向田たちが喬之助を守ろうとしているのは、私利私欲でないことは確かなのだ。清水家に対する恩義と八十郎の悪計に対する義憤とで、八十郎たちに立ち向かっているのである。

「わしらの仲間は五人いる。わしと、菅井だけではないぞ」

源九郎が、茂次、孫六、三太郎のことを話した。源九郎から言わなくても、茂次や孫六は助太刀にくわわるはずである。

「三人の手も借りられれば、さらに助かる」

向田が声を大きくした。

「ただし」

源九郎が言った。

「ただし、何だ」

「ただというわけにはいかぬ。わしは同門の手前、金など求めぬが、他の者はそうはいかん。……向田、そうであろう。清水家ともおぬしたちとも、何のかかわりもない者たちが八十郎一派をむこうにまわして命を賭けて戦うのだぞ」

「それもそうだ」

途端に、向田の顔が渋くなった。おそらく、軍資金は乏しいのだろう。

「で、どれほど都合できる」

今度は源九郎が心底を覗くような目をして向田を見た。

向田が視線を落として考え込んでいると、脇から横川が、

「向田どの、十両ほどなら何とか都合できますが」

と、口をはさんだ。

「華町、聞いたとおりだ。われらには、精一杯踏ん張っても十両しか用意できぬ」

向田が睨《にら》むように源九郎を見すえて言った。

「いいだろう、それで手を打とう」

源九郎は、ただし、他の者が承知せねば、わしだけだぞ、と言い添えた。

三

亀楽の飯台をかこんで、五人の男が集まっていた。源九郎、菅井、茂次、孫六、三太郎である。

源九郎は、向田たちから話を聞いた二日後、菅井たち四人を亀楽に集めた。向田の依頼を四人に話すためである。

あるじの元造と手伝いのお峰《みね》が五人の前に酒肴《しゅこう》を運び終え、いっとき酌み交わした後、

「実は、みんなに話があってな」

と、源九郎が切り出した。

すると、すかさず孫六が、

「向田の旦那のことでしょう。あっしは、そろそろ旦那から話があるだろうと踏んでやしたぜ」

と、口をはさんだ。

「それなら話は早い。みんなも薄々感じていると思うが、喬之助は向田の子ではない。旗本、清水家の嫡男だそうだよ」

「やっぱり、そうでしたかい。あの子はただ者じゃァねえと、あっしは端《はな》から睨んでたんでさァ」

孫六がもっともらしい顔をして言った。

「清水家には、相続にかかわる陰謀があってな」

そう前置きして、源九郎は向田から聞いた清水家に関するこれまでの経緯をかいつまんで話した。ただ、八十郎が忠四郎夫婦を毒殺したと断定はしなかった。向田から聞いただけなので、それとなく、匂わせただけである。

それでも、孫六、茂次、三太郎の三人は怒りの色をあらわにし、口々に八十郎を罵倒《ばとう》した。そうした声が一段落したところで、

「それで、どうするな。向田からは十両もらっている。断るなら、金は返すが」

源九郎がそう言うと、菅井が、

「華町はどうする気だ」

と、訊いた。

「わしは、やるつもりだ。同門ということもあるが、八十郎の悪辣なやり方が腹に据えかねるのでな」

「それなら、おれもやる。向田どのは、将棋仲間だからな。放ってはおけぬ」

菅井が言うと、すぐに孫六が、

「あっしも、やりやすぜ」

と言い、つづいて、茂次と三太郎も、やる、と語気を強めて言った。孫六たち三人は向田とかかわりはなかったが、八十郎の悪事に対する怒りが強いようだ。

「決まりだな」

源九郎はふところから財布を取り出すと、向田からもらった十両を出し、五人の前に二両ずつ置いた。等分に分けるのが、源九郎たちのやり方である。

「それで、八十郎の配下の者たちは分かっているのか」

菅井が、金をふところにしまいながら訊いた。

「向田たちも、はっきりしたことはつかんでないらしい」

源九郎は、向田と横川から敵になる八十郎や配下の者たちのことを聞いていた。

ふたりの話によると、八十郎が清水家を継いでから新たに雇った数人の家士、それに金で買った腕の立つ牢人と御家人くずれなどが、四、五人いるらしい。

「なかでも三人、木谷《きたに》という牢人、それに中畝《なかうね》と佐々木《ささき》という御家人くずれが、遣い手らしい。向田は、大川端で笹沢を斬ったのは佐々木ではないかと言っていたぞ」

源九郎は木谷泉市《せんいち》、中畝権十郎《ごんじゆうろう》、佐々木稲七郎《とうしちろう》の名を告げた。なお、三人の住処《すみか》は向田たちにも分からず、この場で口にすることはできなかった。

「あなどれぬな」

菅井が低い声で言った。

「ともかく、敵の様子をつかまねばなるまい。長屋に籠って喬之助を守るだけでは、始末はつくまいからな」

ただ、孫六、茂次、三太郎は、長屋にいても喬之助を守ることはできない。また長屋に籠っていたのでは仕事にならないのだ。

そのとき、源九郎と菅井のやり取りを聞いていた茂次が、

「あっしらは、何をすればいいんで」

と、訊いた。孫六と三太郎も、源九郎に視線をむけている。

「とりあえず、本郷に屋敷のある清水家の当主、八十郎の身辺を探ってみてくれ。敵の様子をつかまねば、勝負にならぬからな」

源九郎がそう言うと、茂次たちがうなずいた。

「油断するなよ。大川端で、斬り殺された武士を見ただろう。迂闊に敵に近付く

と、あのような目に遭うぞ」

そう言って、源九郎が顔をけわしくした。

「気付かれないようにやりやすよ」

茂次が目をひからせて言った。

それから、源九郎たちは一刻（二時間）ほど、酒を飲んだ。初めのうちは、向田や清水家のことなどを小声で話していたが、酒がまわってくると陽気になり、孫六や茂次たちが大声でおだをあげ始めた。ここに集まった五人は、本来、陽気に騒ぎながら飲むのが好きなのである。

亀楽から出ると、上空は満天の星空だった。心地好い酔いで体が揺れているのか、細い三日月が笑っているように見える。

孫六、茂次、三太郎の三人は、肩を抱き合うようにして歩いていた。

……それで、まだかい、毎晩仕込んでるんじゃァねえのかい、と孫六が言った。所帯を持って間もない茂次と三太郎に、子供はまだかと訊いているらしい。

……こればっかりは、いくら頑張ってもどうにもならねえ、茂次がそう言うと、孫六が、ちげえねえ、と応じて、キッヒヒヒ、と笑った。孫六が卑猥《ひわい》なことを連想したときのいつもの笑い声である。

三人、肩を寄せてふざけながら歩いていく姿が月光に照らされ、じゃれている三匹の黒い猿のように見えた。

「華町」

菅井が声をかけた。

「なんだ」

「清水八十郎という男を何とかしないと、始末はつくまいな」

菅井がつぶやくような声で言った。

「わしも、そう思っている」

八十郎を斃《たお》し、喬之助に清水家を継がせるまで決着はつくまい、と源九郎も読んでいた。

四

「おみよ、富助《とみすけ》に風邪をひかせるなよ」

孫六は流し場にいるおみよに声をかけた。富助は、おみよのねんねこ半纏《ばんてん》にくるまって眠っている。

富助は、孫六の娘夫婦であるおみよと又八《またはち》の間に生まれた子である。孫六にとっては待望の初孫で、娘夫婦に負けぬほど可愛がっていた。

「だいじょうぶよ。寒い日は、外に連れ出さないから」

おみよは、流し場で洗い物をしながら言った。

「悪い風邪が流行《はや》ってるってえからな」

孫六は流し場に立っているおみよの背に目をやって言った。

「長屋の子も、何人か風邪で寝込んでるようだからね。……おとっつァんも気をつけてよ。風邪をひくのは子供だけじゃァないんだから」

「分かってるよ。行ってくらァ」

孫六が外へ出ようとすると、

「陽が落ちるまでに、帰ってきてくださいよ」

おみよが、すこしとがった声で言った。

「がきじゃァねえんだから、いちいち言われなくても分かってらァ」

孫六はそう言い置いて外へ出ると、後ろ手に腰高障子をしめた。

孫六は肩をすぼめて路地木戸へ向かいながら、なんでえ、急に嬶《かかあ》みてえな、口をきくようになりゃァがって……、と胸の内でぼやいた。

おみよは富助を産んでから、娘らしさが消えて母親らしい言動が多くなった。

孫六に対しても、子供を窘《たしな》めるような物言いをするときがある。孫六は、おみよが自分から離れてしまったような気がして寂しかったが、そのかわり富助という可愛い孫を授かったのだから仕方がないとも思った。

……これぱっかりは、順番だから、どうにもならねえ。

孫六が老い、娘夫婦に子ができる。そのうち、娘夫婦が老いて、富助が嫁をもらって子を持つ。そうした世代交代が、時の流れとともに長い時代つづいてきたのだ。孫六もそのなかのひとりであり、老いて朽ちていくのはとめようがないのである。

……だがな、炬燵《こたつ》の猫みてえに、長屋んなかで背を丸めて居眠りをしながら、棺箱に入《へえ》るのを待ってるのは御免だぜ。

孫六は死ぬまで、長屋の仲間といっしょに事件の探索にくわわったり、酒を飲んだりしたかった。

孫六は小柄で陽に灼《や》けた浅黒い肌をしていた。背を丸め、首をすくめるようにして歩いていく。すこし、左足をひきずっていた。中風をわずらった後遺症である。孫六は番場町の親分と呼ばれた腕利きの岡っ引きだったが、中風をわずらってから引退し、おみよ夫婦と同居するようになったのである。

足はすこし不自由だったが、長年岡っ引きとして歩きまわったので、まだまだ足腰は丈夫だった。

孫六は両国橋を渡り、神田川沿いの道を湯島の方へむかって歩いた。まず、本郷にある清水家の屋敷を自分の目で見てみようと思ったのである。

湯島の昌平坂学問所《しょうへいざかがくもんじょ》（聖堂）の裏手を通り、中山道《なかせんどう》をたどって本郷へ入ると、孫六は表街道沿いにあった米屋に立ち寄り、清水家の屋敷を訊いてみた。応対に出た店のあるじは、すぐに分からなかったが、孫六が、

「二千石のお旗本で、ご当主は清水八十郎さまなのだがな」

と言い添えると、あるじは、

「あの清水さまですか」

と、意味ありそうな目をして、清水家までの道筋を教えてくれた。

孫六が、清水さまは、どんなお方だい、と訊くと、あるじは、立派なお旗本ですよ、と木で鼻を括《くく》ったような物言いをして、さっさと奥へひっ込んでしまった。清水家のことを、よく思っていないようだ。

清水家は米屋から近かった。三町ほど、加賀さまのお屋敷の方へ歩き、浄林寺《じょうりんじ》という寺の脇を入った先にある、と聞いたので、その通りに行ってみると、清

水家の屋敷はすぐに分かった。加賀さまというのは、加賀百万石前田家の上屋敷である。

清水家の屋敷は、二千石の旗本にふさわしい豪壮な長屋門を構えていた。乳《ち》鋲《びょう》のついた堅牢な門扉はとじられ、屋敷内はひっそりとしていた。

……さて、どうする。

孫六は屋敷の門前に立ってつぶやいた。

通り沿いには大身の旗本屋敷がつづき、人通りはほとんどなかった。ときおり、騎馬の武士が供を連れて通ったり、お仕着せ姿の中間が足早に通り過ぎていったりするだけである。

孫六は立っていても仕方がないので、来た道を引き返し始めた。いっとき歩くと、武家屋敷の間の路地から、中間と思われる男がふたり出てきた。何か話しながら、孫六と同じ方向に歩いていく。

「待ってくれ」

孫六が後ろから声をかけて小走りに近寄った。

「おれたちのことかい」

大柄な男が足をとめて振り返った。

「へい、お訊きしたいことがありやして」

「爺《じい》さん、何を訊きてえ」

もうひとりの小太りの男が言った。

「この先に清水さまのお屋敷がありやすが、ご存じですかい」

「おお、知ってるよ」

「実は、口入れ屋で、清水さまのお屋敷に奉公しねえかといわれてやしてね。ところが、よくねえ噂を耳にしたもんで、奉公する前にお屋敷の様子を知ってる者に話を訊きてえと足を運んできたわけなんで」

孫六はもっともらしく言った。

「そんな噂があるのかい。おれは、屋敷のなかのことまでは知らねえが……」

おめえはどうだい、と言って、大柄な男が小太りの男を振り返った。

「おれも知らねえが、長吉《ちようきち》なら知ってるはずだぜ」

小太りの男によると、長吉は半年ほど前まで、清水家に中間奉公していたそうである。

「長吉さんには、どこへ行けば会えやす」

孫六が訊いた。

「菊坂町にな、樽平《たるへい》ってえ一膳めし屋がある。長吉は酒好きで、樽平で一杯やってることが多いから行ってみな」

菊坂町は、前田家の屋敷の前の路地をすこし入ったところにある町である。

「足をとめさせて、すまなかったな」

孫六はふたりに礼を言って別れた。

菊坂町はそれほど遠くなかった。孫六はいったん中山道にもどり、前田家の屋敷の方へむかった。せっかくだから、樽平を覗いてみようと思ったのである。

八ッ（午後二時）ごろであろうか。薄曇りの寒い日だった。中山道は旅人や行商人、駄馬を引く馬子の姿などが見られたが、人影はまばらだった。孫六は中山道を経て、菊坂町へ入った。

町筋で行き合った男に何度か訊いて、樽平に行き着いた。思ったより、大きな店で十人ほどの客がめしを食ったり、酒を飲んだりしていた。

孫六は注文を訊きにきた小女に、長吉のことを訊くと、今日は来ていない、ということだった。

孫六は酒を一本だけ飲み、菜めしで腹ごしらえをしてから店を出た。また、明日、来てみようと思ったのである。

五

孫六が昨日と同じ小女に長吉が来てるか訊くと、

「あの人ですよ」

と、隅の飯台にいる男を指差した。

四十がらみの男がひとりで酒を飲んでいた。赤ら顔ででっぷり太っている。鼻や口が大きい割には目がちいさく、ひょうきんそうな顔をしていた。長吉はだいぶ飲んでいるらしく、顔が赤らんでいた。

「長吉さんですかい」

孫六は銚子を手にして長吉の脇に腰を下ろした。

「おめえ、だれだ」

長吉はちいさな丸い目で睨むように見たが、あまり迫力はない。どこか、間の抜けた感じがする。

「あっしは、孫八《まごはち》といいやす。お近付きのしるしに、一杯《いっぺい》やってくだせえ」

孫六は愛想笑いを浮かべて、銚子を差し出した。孫八は咄嗟《とっさ》に浮かんだ偽名である。

「おお、すまねえな。……それで、おめえ、だれだい」

長吉は同じことを訊いた。だいぶ酔っているらしい。

「孫八で」

「それで、何か用かい」

「へい、ちょいと訊きてえことがありやしてね」

そう言って、孫六はまた銚子を取った。飲ん兵衛は、飲まして訊くにかぎると思ったのである。

「おお、すまねえ。それで、何が訊きてえ」

長吉は猪口《ちょく》を手にして、孫六のつぐ酒を受けた。すこし、手が震えている。

「長吉さんは、旗本の清水さまに奉公したことがあると聞きやしてね。清水さまのお屋敷のことが知りてえんで」

「おめえ、何で、清水さまのことが知りてえんだ」

長吉の赤ら顔に不審そうな色が浮いた。

「なに、口入れ屋で奉公の話がありやしてね」

孫六はもっともらしく、ふたりの中間に話したことをくり返した。

「やめときな、あそこは」

長吉が急に不機嫌そうな顔をした。

「何か、都合の悪いことでもありますかい」

「家の跡取りのことで揉《も》めててな、とばっちりでも食っちゃァかなわねえ。それで、おれはやめたのよ」

「ご当主は、清水八十郎さまと聞いてますぜ」

「その八十郎さまの後をだれが継ぐかで、揉めてるのよ。もっとも、八十郎さまが先代の跡継ぎを追い出しちまったがな」

長吉が苦々しい顔をして言った。

「先代の跡継ぎがいたんですかい」

「そうよ。八十郎さまは部屋住みだったのよ」

長吉が訥々《とつとつ》と話したことは、源九郎から聞いていたこととほぼ同じだった。ただ、長吉や他の奉公人も、喬之助が身の危険を感じて逃げたのではなく、八十郎がいずれ自分の子の松太郎に清水家を継がせるために、喬之助を追い出したようにみているようだった。

「とばっちりを食うって話だが、屋敷内で騒ぎでもありやしたか」

孫六は、さらに水をむけた。

「まあな」

「屋敷内で、斬り合いでもあったんですかい」

「まだ、斬り合いはねえ。……先代に仕えていた何人かが、喬之助さまを助けて、八十郎さまに掛け合ったらしいんだ。その後、うろんな牢人が屋敷へ出入りするようになってな。おれたちは、そのうち斬り合いが始まるんじゃァねえかと冷や冷やしてたのよ」

そう言うと、長吉は手酌で猪口につぎ、顎を突き出すようにして飲んだ。

「あっしも噂に聞いたんだが、牢人だけじゃァなく、御家人ふうの男もいたそうじゃァねえか」

「そうよ、熊みてえにでけえのと痩《や》せたやろうだ」

「へえ、名は分かるめえな」

「知ってるよ。図体のでけえのが、佐々木稲七郎だ。それに、ほっそりしたのが、中畝権十郎よ。御家人たって、牢人とちっとも変わらねえや。金さえ、もらえば何でもするようなやつらよ」

長吉が顔をしかめて言った。呼び捨てにしたところを見ると、よほど嫌っていたのだろう。

「木谷という男もいたそうだな」

孫六は、源九郎から聞いた名を口にした。

「おめえ、やけにくわしいじゃァねえか」

長吉が孫六に不審そうな目をむけた。

「なに、小耳にはさんだだけよ」

孫六は、さァ、飲んでくれ、と言って、銚子を取った。

「すまねえ」

長吉は手を震わせながら猪口を差し出した。不審そうな表情は消えている。

「他にも、いるのかい」

孫六が酒をついでやりながら訊いた。

「二、三人いるようだが、名は知らねえ」

そう言って、長吉は喉を鳴らして猪口の酒を飲んだ。

「そうかい。いくら、おめえでも、そいつらの塒《ねぐら》は知るまいな」

「そこまでは知らねえよ」

「ごろんぼう（ごろつき）なら、女か賭場だろうな」

孫六は水をむけてみた。

「そういゃァ、中畝が福井町の賭場の話をしてるのを聞いたことがあるな」

「福井町の賭場か」

孫六はそれだけ分かれば、中畝はたぐれると思った。

「おめえ、さっきから妙なことを訊くが、岡っ引きじゃァねえのか」

長吉が上目遣いに孫六を見た。

「ただの隠居爺々《じじい》だよ。もっとも、むかし岡っ引きだったからな。そのころの癖が出たのかもしれねえな」

そう言うと、長吉は驚いたように目を剝いた。

「酒もほどほどにしときな」

孫六は腰を上げた。これ以上、長吉から訊いても無駄だと思ったのだ。

銭を払って店から出ると、町筋は淡い夕陽につつまれていた。孫六は神田川沿いの道へ出ると、両国方面へむかって足を速めた。暗くなる前に、長屋にもどらないと、おみよの雷が落ちそうだと思ったのである。

六

源九郎は御舟蔵の前を歩いていた。六間堀町の華町家へ行った帰りである。新太郎と君枝の風邪が心配で容体を見にいったのだが、君枝はだいぶ回復し、家事もこなせるようになっていた。ただ、新太郎は咳がとまらず、まだ寝床から出られなかった。

「新太郎も熱が下がってきたので、快方にむかっているようですよ」

君枝はそう言って、ほっとした表情を浮かべていた。

俊之介が留守だったので、君枝に気を使わせては悪いと思い、源九郎は座敷には上がらずに帰ってきた。

八ッ半(午後三時)ごろだった。陽は西にかたむいていたが、暖かい陽射しが大川端に満ちていた。風のない静かな日和に誘われ、源九郎はすこし遠まわりになるが大川端を通って長屋に帰ろうと思ったのである。

大川端には、ぽつぽつと人影があった。ぼてふりや風呂敷包みを背負った店者などが、通り過ぎていく。

御舟蔵の前を過ぎ、竪川にかかる一ッ目橋が前方に迫ってきた。そこは、笹沢周助が斬殺されていた近くである。

そのとき、源九郎は背後に迫る足音を聞いて振り返った。

ふたりいた。ひとりは町人体の男だった。手ぬぐいで頬っかむりしている。顎のとがった剽悍《ひょうかん》そうな男で、上目遣いに源九郎を見た目が、蛇を思わせるように細くひかっていた。

もうひとりは痩身の武士だった。深編み笠をかぶって顔を隠していた。羽織袴姿で二刀を帯びていたが、荒《すさ》んだ暮らしをしているらしく身辺に無頼牢人のような怠惰な雰囲気がただよっていた。

ふたりは、源九郎と三間ほどの間合をとって立った。町人体の男は右手をふところにつっ込んでいたが、武士は両腕をだらりと垂らしたままである。刀を抜く気配も、殺気もなかった。

もっとも、三人の立っている大川端には、ちらほら通行人の姿がある。しかも、日中である。このような場所で、刀を抜いて襲いかかるとは思えなかった。

「華町さまですかい」

町人体の男がくぐもった声で訊いた。

「そうだが、おまえたちの名は」

源九郎がふたりに目をやりながら訊いた。

「あっしらの名は、勘弁してくだせえ」

町人体の男が、口元にうす笑いを浮かべて言った。武士は黙ったまま立っている。深編み笠をかぶっているので、表情は見えない。

「名乗れぬか」

源九郎は、そのままきびすを返して立ち去ろうとしたが、ふたりが何者なのか探るためにも、もうすこし話を聞いてみようと思った。

「わしに何か用なのか」

源九郎が訊いた。

「へい、旦那の長屋に向田と喬之助がいやすね」

町人体の男が口元の笑いを消して訊いた。

「さて、知らぬが」

やはり、向田たちにかかわりのある者のようである。おそらく、八十郎に金で雇われた者たちであろう。

「しらを切ったって無駄でさァ。ふたりがいるってことは分かっていやすからね」

町人体の男の語気が強くなった。

「ならば、訊くこともあるまい」

「旦那に言っておきてえことは、命が惜しかったら、向田たちに味方などしねえ方がいってことでさァ」

町人体の男の声に恫喝《どうかつ》するようなひびきがくわわった。

「脅しか」

「あっしらは、旦那のことを思って、言ってるんですがね」

町人体の男の口元に、またうす笑いが浮いた。

「ご親切なことだな。……ところで、深編み笠の御仁」

源九郎は、武士にむかって言った。

「何だ」

武士が低い抑揚のない声で答えた。

「ここで、笹沢周助を斬ったのはおぬしか」

源九郎は武士の反応を見ようと思ったのだ。この場で取り押さえるのは無理だが、挑発して編み笠を取らせれば、顔は見られるだろう。

「だとしたら、どうする」

「ここで、立ち合ってもいいが」

そう言って、源九郎が左手で刀の鯉口を切った。

「やるつもりなのか」

武士の体に緊張がはしり、垂らした右手を刀の柄に添えた。町人体の男が慌てて脇へ移動した。

「編み笠を取れ、それでは立ち合えぬぞ」

源九郎は右手を柄に添えて抜刀体勢を取った。全身に気魄《きはく》がこもり茫洋《ぼうよう》とした表情が消え、剣客らしい凄みのある面貌《おもて》に変わっている。

だが、武士は深編み笠を取らなかった。そのまま左手で鯉口を切り、抜く気配を見せた。腰が据わり、全身から殺気を放っている。

……なかなかの手練《てだれ》だ。

と、源九郎は踏んだ。

武士の身構えに隙《すき》がなかった。全身に気勢が満ち、痩身に巌《いわお》のような威圧がある。

ふいに、源九郎は右手を柄から放し、斬撃の気配を消した。全身から気魄が抜け、おだやかな風貌にもどっている。もともと、源九郎は武士と立ち合う気などなかったのだ。せめて深編み笠だけでも取らせようと思ったのだが、武士がかぶったままなので諦《あきら》めたのである。

「やらぬのか」

武士も刀の柄から右手を放した。その全身から、拭い取ったように剣気が消えていく。

「場所が悪い。見物人のなかで、斬り合う気にはなれんのでな」

源九郎は周囲に視線をやりながら言った。

その場の異変に気付いた数人の通行人が路傍へ逃れ、こわばった顔でことの成り行きを見つめている。

「うぬが、向田に与《くみ》すれば、ちかいうちに斬ることになろう」

武士はそう言い置くと、きびすを返した。

慌てた様子で、町人体の男が跟《つ》いていく。

源九郎は路傍に立ったまま遠ざかっていくふたりの背を見送っていた。

七

「今日の見世物は終りだ。また、明日、来てくれ」

菅井は周囲に集まっている見物人に言った。

この日、用意した竹片は終わっていた。居合の見世物をこれ以上つづけることはできなかったのである。それに、陽が家並のむこうに沈み、そろそろ暮れ六ツ

（午後六時）だった。

菅井の居合の見世物は、こけ脅しの長刀を抜いて見せて客を集め、いかがわしい歯磨や軟膏などを売り付けるものではなかった。

菅井の体を狙って、見物人にちいさな竹片を投げさせ、それを居合い抜きで斬り落として見せるのだ。その竹片がひとつ十文。菅井の体に当たったり触れたりすれば、倍の二十文にして返すことになっていた。見物人は遊び半分腕試し半分で、竹片に十文払って挑戦するのである。

菅井の居合の腕は本物で、投げつけられた竹片を斬り落とすのは容易だったが、四、五片のうちの一片ぐらいは当たってやった。見物人にやる気を起こさせるためである。

その竹片が底をついたのだ。笊《ざる》のなかには、稼いだ銭が溜まっていた。長屋にもどる頃合である。

菅井は竹片を乗せる三方《さんぽう》や銭を入れる笊などを風呂敷に包むと、仕事場にしている大川端を離れた。

菅井が両国広小路の人混みのなかにまぎれて両国橋を渡りかけたとき、大川端に残っていた町人体の男が、何をするつもりなのか、大きめの竹片をひとつ拾い、菅井の跡を尾け始めた。半纏に黒股引。手ぬぐいで頰っかむりしている。顎がとがり、目が細かった。源九郎の前にあらわれた町人体の男である。

もうひとりいた。両国橋のたもとに、深編み笠の武士が佇《たたず》んでいて、町人体の男が近付くといっしょに菅井の跡を尾け始めたのである。この武士は源九郎の前にあらわれた武士ではなかった。六尺はあろうかと思われる偉丈夫だった。胸が厚く、肩幅もひろい。手足や首が太く、腰がどっしりと据わっていた。

両国橋は大勢の人が行き交っていた。菅井は町人体の男と武士の尾行に気付かなかった。菅井との距離は十間ほどしかなかったが、大勢の人が行き来していたからである。

菅井は両国橋を渡り、東の橋詰から竪川沿いの通りへ出た。そこは本所元町である。左手の町家の家並のむこうに、回向院《えこういん》の堂塔が見えていた。まだ、路上には淡い夕陽が射していたが、軒下や物陰などには夕闇が忍び寄っている。

竪川沿いの通りは、ひっそりとしていた。人影もまばらである。両国橋の東西の広小路の賑わいと比べると噓のように静かである。

前方に竪川にかかる一ッ目橋が見えてきた。

そのとき、背後から走り寄る足音が聞こえた。菅井が足をとめて振り返ると、走り寄るふたりの男の姿が見えた。

町人体の男と大柄な武士である。武士は羽織袴姿で二刀を帯びていた。軽格の御家人か江戸勤番の藩士といった感じがする。ふたりは、菅井から三間ほどの間合を取って足をとめた。ふたりに見覚えはなかった。もっとも、武士は深編み笠をかぶっていたので顔は見えない。

「おれに、何か用か」

菅井が訊いた。

菅井は油断なく大柄な武士に目をやった。その巨軀《きょく》に殺気があったのである。

「旦那は、伝兵衛長屋の方でしょう」

町人体の男が低い声で訊いた。上目遣いに菅井を見すえた双眸《そうぼう》が、うすくひかっている。

「そうだ」

「菅井紋太夫さまと、お聞きしてやすが」

「菅井だ。それで、おぬしたちは」

菅井が誰何《すいか》した。

「名は勘弁してくだせえ」

町人体の男は、源九郎と対したときと同様に名を口にしなかった。

「そうか。名乗れぬような相手と、話す気にはなれんな」

そう言って、菅井がきびすを返そうとすると、

「待て」

と、武士が声をかけた。野太い声である。

「伝兵衛長屋に向田と喬之助がいるはずだが、存じておるな」

「知らぬな」

菅井はもう一度、武士と相対した。

「知らぬなら、それでもよいが。……妙な気を起こして、向田たちを助けるような真似はせぬことだな」

武士の物言いは威圧的だった。

「うぬらに、とやかくいわれる筋合はない」

「われらに逆らえば、生きてはいられぬぞ」

そう言うと、武士は刀の柄に手を添え、わずかに腰を沈めた。抜刀体勢である。武士の巨軀に気勢が満ち、膨れ上がったように見えた。編み笠は取らなかったので、表情を見ることはできない。

……できる！

と、菅井は感知した。武士の身構えが発する威圧だけでも、かなりの手練であることが分かる。

「やる気か」

菅井は手にした風呂敷包みを路傍に置いた。

左手で鯉口を切り、右手を柄に添えて居合腰に沈めた。菅井はすばやく武士との間合を読んだ。

……まだ、遠い。

抜きつけの一刀をふるうには、遠すぎた。こうして一対一で対峙したとき、居合は抜きつけの一刀の迅《はや》さと正確な間積《まづも》りが命なのである。

菅井は足裏をするようにして、ジリジリと間合をせばめていく。

菅井の右足が抜刀の間境に入ろうとした刹那、ふいに、武士の全身から殺気が放たれた。

瞬間、武士の右手が前に振られ、腰元から何か飛来した。

……小柄！

察知した菅井が、抜きつけた。神速の抜刀である。

戛《かっ》、と甲高い音がひびき、飛来した物がふたつに割れて、虚空に飛んだ。

竹片だった。武士は小柄と見せて、竹片を投げたのである。町人体の男から受け取っていたのだ。

武士はすばやい動きで後じさり、菅井との間を取ると、

「なかなかの腕だな」

と、低い声で言った。そのとき、編み笠から覗いている口元がゆがんだように見えた。笑ったようである。

武士は両腕を脇に垂らして立っていた。全身をおおっていた剣気は消えている。

……こやつ、おれの腕を確かめおったな。

菅井は察知した。

仕掛けると見せて、菅井に抜かせたのだ。居合の抜刀の迅さと太刀筋を見たにちがいない。

「いずれ、おぬしの居合と立ち合うことになるかもしれぬな」

そう言うと、武士はきびすを返した。

武士は両国橋の方へ、何ごともなかったように歩いていく。

「旦那、向田などと手を組むと、命がいくらあってもたりませんぜ」

そう言い残し、町人体の男は武士の後を追った。

菅井はふたりの後ろ姿に目をやっていたが、

……八十郎の手の者か。

とつぶやき、風呂敷包みを拾うとはぐれ長屋の方へ歩きだした。

第三章　長屋の攻防

一

茂次は砥石《といし》や鑢《やすり》の入った仕立箱を肩にかけ、研《と》ぎ桶《おけ》や床几《しょうぎ》をつつんだ風呂敷包みを手にぶら下げて戸口に立った。

「お梅、行ってくるぜ」

「おまえさん、早く帰ってきておくれ。今日は、一杯つけるからさ」

お梅が甘えた声で言った。

「それじゃァ、陽が沈む前《めえ》に帰《けえ》ってくらァ」

茂次は目尻を下げて言った。

ふたりが所帯を持って一年ほどである。子供はいないし、所帯を持ったころの甘い気分が、まだ抜けないのである。

五ッ（午前八時）を過ぎていようか。陽はだいぶ高くなり、長屋の屋根の上に顔をのぞかせていた。これから、仕事に出て陽が沈む前に帰ってくるのでは、研ぎ代を稼ぐ仕事はわずかしかできない。ただ、茂次は源九郎から二両渡されていたこともあって、稼ぎはどうでもよかったのである。

長屋はひっそりとしていた。聞こえてくるのは、子供の声ぐらいである。女房連中は朝餉《あさげ》の片付けを終え、出職の男たちは仕事に出かけ、長屋全体が一息つくころなのだ。

井戸端に女房が三人いた。これから、洗濯でも始めるところらしく盥《たらい》に水を汲んだり、洗濯物を浸《つ》けたりしている。

「おや、茂次さん、これから、仕事」

お熊が声をかけた。

「おお、稼がねえと、おまんまが食えねえからな」

茂次は足をとめずに言った。

「それにしちゃァ、やけに遅いじゃァないか」

お熊がそう言って、脇に屈んでいたお妙《たえ》に目配せした。お妙は、源九郎の部屋の壁隣に住む女房である。

「お梅さんが恋しくて恋しくて、夜も眠れやしない……」

お妙が身を揉《も》むような仕草をしながら色っぽい声を出した。

すると、お熊が、

「いいねえ。若い者は、一晩中くっついてても飽きないんだからさ」

と、からかうように言った。

「てやんでえ、おめえたちこそ、昨夜は旦那にひっついて放さなかったんじゃァねえのかい。その惚《ほう》けたような面《つら》を見りゃァ分からァ」

そう言い置いて、茂次が井戸端から遠ざかると、背後で甲高い女たちの笑い声が起こった。だれか、卑猥《ひわい》な冗談でも言ったにちがいない。

茂次は振り返りもしなかった。長屋の女房連中の戯言《ざれごと》に、付き合う気などなかったのである。

茂次が路地木戸を出て、竪川沿いの道へむかって歩きだしたとき、木戸の脇の下駄屋の前に立っている男が目に入った。

面長で、顎のとがった剽悍《ひょうかん》そうな男である。男は店先の下駄を手にして見ていたが、茂次が木戸から出てきたとき、木戸の方へ視線をむけていたような気がした。

……あいつかもしれねえ。

茂次は、源九郎から、顎のとがった町人体の男と深編み笠の武士に、向田たちから手を引くように言われたことを聞いていたのだ。

……あいつは、長屋を見張っているにちげえねえ。長屋の鼻っ先で見張りゃァがって、なめた真似するじゃァねえか。見てろよ。

茂次は胸の内でつぶやきながら、男の視界から離れると、表店《おもてだな》の間の細い路地へ走り込んだ。逆に男の跡を尾《つ》けて、正体を確かめてやろうと思ったのである。

茂次は細い路地をたどり、空き地の叢《くさむら》を抜けて下駄屋が斜《はす》向かいに見える瀬戸物屋の板塀の陰に出た。そこに身を隠して、男の様子をうかがった。

いっとき、男は下駄屋の店先に立っていたが、長屋の路地木戸からおくらという女房が出てくると、そばに近寄った。そして、おくらに何か話しかけていたが、すぐにおくらから離れた。そして、路地木戸からなかへ入っていった。

……やろう、長屋へ入《へい》りゃァがったぜ。

茂次は、向田と喬之助の様子を見にいったのではないかと思った。

しばらくすると、男が出てきた。そのまま下駄屋の前を通り過ぎ、竪川の方へ足早に歩いていく。

茂次は、男が半町ほど先へ行ってから、板塀の陰から通りへ出た。男の行き先をつきとめてやろうと思ったのである。

男は竪川沿いの通りへ出ると、両国橋の方へむかった。

茂次は男の跡を尾けていく。竪川沿いには行き交う人の姿があり、茂次は通行人の間にまぎれたり、天水桶の陰に身を隠したりしながら男の跡を尾けた。

男は一ッ目橋のたもとまで来ると、右手の路地へまがった。両国橋は渡らないらしい。男は回向院の脇を通り、横網町を抜けて大川端へ出た。大川端沿いの道を川上へむかって歩いていく。

大川の川面が陽射しを反射《はね》て、金砂をまぶしたようにかがやいていた。対岸は浅草である。正面に柳橋の家並や浅草御蔵の土蔵が見えていた。

御竹蔵を過ぎ、しばらく歩くと通り沿いに町家が多くなった。そこは、本所北本所である。北本所へ入っていっとき歩くと、男は右手の路地へ入っていった。

茂次は走った。男の姿が見えなくなったからである。男が入っていった路地まで来ると、茂次は角にあった八百屋の脇から、路地の先に目をやった。

ちょうど、男が路地沿いの店に入っていくところだった。小料理屋であろうか。店先に品物が並んでいないし、看板も出ていなかった。こぢんまりした店で、戸口に掛行灯《かけあんどん》がある。

通りには、ちらほら人影があった。横町ふうの路地で、そば屋や縄暖簾《なわのれん》を出した小体《こてい》な飲み屋などが通り沿いにごてごてとつづいている。

茂次は通行人にまぎれながら男の入った店に近付いてみた。店先に暖簾が出ていなかった。まだ、店をひらいてないようである。

掛行灯には、やなぎ屋と記してあった。茂次は店の前に立ちどまらずに通り過ぎ、一町ほど歩いてから、酒屋を目にして立ち寄った。

店先にあらわれた親爺に、やなぎ屋のことを訊《き》くと、お島《しま》という女将《おかみ》が切り盛りしている店だという。

「店のあるじはだれだい」

茂次が訊いた。お島があるじとは思えなかったのである。

「さァ、てまえには分かりませんが」

親爺によると、店にはお島の他におよねという年増《としま》の女中と佐吉《さきち》という若い包丁人がいるだけだという。

茂次が、さきほど店に入った男のことを訊くと、

「ときおり、若い男やお侍が出入りするようですけどね。どういう方なのか、てまえには分かりませんねえ」

と、口元に卑猥な笑いを浮かべて言った。親爺の物言いからして、お島の情夫《いろ》らしい。しかも、複数いるような感じである。

それから、茂次は通り沿いの店に立ち寄ってやなぎ屋のことを訊き、店に入った顎のとがった男が島次郎《しまじろう》という名であることを知った。

酒屋の親爺が口にした侍のことは、はっきりしなかった。御家人ふうの武士という者もいたし、牢人という者もいた。それに、お島の情夫らしいと話す者もいたが、ただの客だと断言する者もいた。人相や風貌もまちまちである。

……二本差しは、ひとりじゃァねえのかもしれねえ。

と、茂次は思った。

二

行灯の灯《ひ》が、五人の男を照らし出していた。源九郎、菅井、茂次、向田、それに向田の嫡男の欽次郎である。

暮れ六ッ（午後六時）を過ぎてから、五人は源九郎の部屋に集まったのだ。車座になった五人の男の膝先に、貧乏徳利の酒と湯飲みが用意してあったが、あまり手を伸ばさなかった。

欽次郎は向田によく似ていた。丸顔で細い目は、若いころの向田を見るようである。

この日、長屋にあらわれた欽次郎を、向田が、倅を紹介する、と言って源九郎の部屋へ連れてきたのだ。

向田の話によると、欽次郎は向田の跡を継ぐ形で、清水家の用人として奉公していたが、いまは牢人で妻子と借家に住んでいるという。

「少々の蓄えはあるが、そのうち底をつく」

向田が笑いながら言った。

欽次郎の紹介が終わったところで、源九郎が、

「実は、昨日、うろんな男を見かけてな。みなに話しておかねばならぬと思い、来てもらったのだ。それに、これまでにつかんだことを知らせ合いたい」

そう切り出すと、すかさず茂次が、

「華町の旦那、そいつは顎のとがったやつじゃァねえですかい」

と、身を乗り出すようにして訊いた。

「そうだ。長屋の者に向田たちの住む家を訊き、覗いてみたらしいのだ」

源九郎は、そのことをお熊から聞いたのだ。

「やっぱりな。旦那、そいつは島次郎というやつですぜ」

さっそく、茂次が島次郎を尾行し、北本所の小料理屋に入った経緯をかいつまんで話した。

「さすが、茂次だ。さっそく、正体をつかんだか」

源九郎が言った。

向田と欽次郎が驚いたような目をして茂次を見ている。しがない研師が、町方顔負けの探索をしたからであろう。

「ほかにも、分かった者がいる。孫六がつかんで来たのだが、その島次郎という男といっしょにいた御家人ふうの武士だが、中畝権十郎だよ」

源九郎は孫六から話を聞き、大川端で出会った男とつなげてみたのである。

源九郎につづいて、菅井が言った。

「もうひとり、おれの前に佐々木稲七郎があらわれたぞ」

菅井は、両国広小路からの帰りに竪川沿いで顔を合わせたことを話し、孫六から聞いていた佐々木と体軀《たいく》が一致することを言い添えた。

「いやはや、何という長屋だ。八丁堀より、すごいではないか」

向田が目を剝《む》いて感嘆の声を上げた。

「たまたま、相手が顔を見せたから分かっただけだ。……いずれにしろ、八十郎の手の者が三人、われらの前にあらわれたわけだな」

巨軀の佐々木稲七郎、痩身の中畝権十郎、それに町人体で、佐々木たちの手引き役らしい島次郎である。

「もうひとり、牢人者がいると聞いているが」

菅井が言った。

「木谷泉市だ。こやつも遣い手だぞ。それに八十郎の家士が数人、動いているとみねばなるまい」

向田が顔をひきしめて言った。

「それに、気になることがあるのだ」

向田が四人に視線をまわしながら言った。

「気になるとは」

源九郎が訊いた。

「その島次郎という男が、長屋のなかまで入り込んできてわしらの部屋を確かめていったことだ」

「うむ……」

「わしは、ちかいうちに、きゃつらが喬之助さまの命を狙って長屋に踏み込んでくるような気がしてならぬのだ」

向田の顔が、けわしくなった。傍らに座している欽次郎も、こわばった顔をしている。

「そうかもしれぬな」

敵は、すでに向田と喬之助が長屋に身を隠していることをつかんでいるはずだ。その上で、長屋のなかまで入り込んで部屋を確認したということは、いよいよ向田と喬之助を討つつもりで踏み込んでくるとみていいのかもしれない。

「それで、おりいって、華町に頼みがあるのだ」

そう言って、向田が源九郎の方に膝をまわした。いつになく、真剣な顔をしている。

「頼みとは？」

「おぬし、喬之助さまを預かってくれぬか」

「なに、喬之助どのを預かれと」

源九郎は驚いて聞き返した。

「そうだ。わしになったつもりで、しばらく喬之助さまと暮らしてくれ。わしは、欽次郎と暮らすつもりだ」

向田がもっともらしい顔をして言った。

「な、なんと……」

源九郎は次の言葉が出なかった。

「いや、敵の目を欺《あざむ》き、喬之助さまの命を守るためだ」

「どういうことだ」

「八十郎の手の者たちは、当然わしの家を襲うだろう。そのとき喬之助さまがいなければ、安心ではないか。……そのことは、ここにいる欽次郎も承知している」

向田がそう言うと、欽次郎は真剣な顔をしてうなずいた。どうやら、このことを源九郎に話すためもあって、欽次郎を同行したようだ。

「いやァ、それは妙案」

菅井が声を上げた。

「顔付きからして、華町と向田どのは瓜ふたつだ。長屋の連中も、どっちが華町でどっちが向田どのか、分からなくなるかもしれんぞ」

そう言って、菅井は声をたてて笑った。

「勝手にしろ」

源九郎は憮然《ぶぜん》とした顔をしたが、悪い策ではない、と思った。敵の狙いは喬之助であり、喬之助がいなければ引き上げるしかないだろう。

「いや、助かる。まさに、この長屋は堅牢な城郭だ。影武者までいる」

向田が愉快そうに声を上げた。

それから、五人は八十郎の手の者が長屋に押しかけてきたらどうするか相談しながら、酒を酌み合った。喬之助を源九郎が引き取ることになって安堵《あんど》したのか、向田が盛んに源九郎たち三人に酒をついでまわった。

三

「待て、向田」

源九郎が戸口から出て行こうとした向田を呼びとめた。

すでに、源九郎の部屋に集まった男たちは酒盛りを終え、菅井と茂次は戸口から出ていった。遅れて出ようとした向田を、源九郎が呼びとめたのである。

「なんだ」

向田が戸口で振り返った。すでに、敷居をまたいでいた欽次郎も振り返り、不審そうな目をむけた。

「おぬしと、おりいって相談がある」

源九郎が言った。

「喬之助さまと同居することでか」

向田が訊いた。

「そうだ」

ふたりだけでな、と源九郎が念を押すように言い添えた。源九郎は、いつか向田と腹を割って話しておかねばならないと思っていたのだ。今夜がいい機会である。

「分かった」

向田は、欽次郎に、先に帰っておれ、と言ってから、ふたたび上がり框《がまち》から座敷に上がった。

「それで、何の話だ」

対座すると、すぐに向田が訊いた。

「これから、どうするつもりなのか、おぬしの考えを聞いておこうと思ってな」

「それは、すでに話したろう。喬之助さまの身を守り、いずれ清水家を継いでもらうのだとな」

「喬之助どのの身を守ることはいいが、それだけではどうにもなるまい」

「うむ……」

向田がむずかしい顔をした。

「八十郎が屋敷を出ている喬之助どのに、約定どおり清水家を継がせるとは思えんがな」

八十郎は菊乃との間に生まれた松太郎が元服するのを待って、松太郎に清水家を継がせるだろう、と源九郎はみていた。

「分かっている。わしも、このままで、八十郎が喬之助さまに清水家を継がせるとは思っておらぬ」

向田が虚空を睨《にら》むように見すえて言った。

「では、どうするつもりなのだ」

源九郎は、向田が何をするつもりでいるのか聞きたかったのだ。

「わしは、忠四郎さまと萩枝さまが八十郎の手にかかったことをはっきりさせるつもりだ。その上で切腹を迫るが、腹を切るのを拒否すれば、わしがこの手で斬る。……喬之助さまに敵を討ってもらうことも考えたが、幕府に敵討ちを願い出れば八十郎の悪事も露見し、清水家がつぶされる恐れがある。そこで、わしのような老いぼれが、始末をつけることが、よいと存念したのだ」

向田は静かだが重いひびきのある声で言った。行灯の灯を映した双眸《そうぼう》が熾火《おきび》のようにひかっている。いつになく、けわしい顔である。

「どうやって、先代が毒殺されたことをはっきりさせるのだ」

すでに、忠四郎が死んでから十年ほども経っていると聞いていた。そのときの死が毒殺であることを明らかにするのは、至難のはずである。

「いまだに、玄仙は清水家に出入りしている。その玄仙の口を割らせれば、はっきりするはずだ」

「玄仙がしゃべるかな」

玄仙にとっては、自分の身にも及ぶ秘事であろう。源九郎は、玄仙が簡単に口を割るとは思えなかった。

「玄仙は小心な男だ。脅せば、かならず口を割る。それにな、玄仙がだめなら当時八十郎の手先だった者をしゃべらせる手もある。……わしらは町方ではないので、端《はな》から詮議《せんぎ》などするつもりはない。強引に口を割らせる。わしは、刀にかけても忠四郎さまと萩枝さまの死の真相をはっきりさせるつもりなのだ」

向田は真剣だった。腹のなかに秘めていた思いを吐露したのである。向田の顔には、命を賭した男の凄絶《せいぜつ》さと凄みさえあった。ふだんは、勝手気ままに生きているように見えるが、心底には武士らしい勇猛と忠義の心を持っているようだ。

源九郎が黙っていると、さらに向田が話をつづけた。

「八十郎も、わしらが喬之助さまに清水家を継がせるために動いていることは承知しているのだ。八十郎は、喬之助さまさえ亡き者にすれば、清水家はむろんのこと、これまでの悪事も秘匿《ひとく》することができると踏んでいる。それゆえ、腕利きを金で集めて喬之助さまの命を狙っているのだ」

「うむ……」

そのことは、源九郎も分かっていた。

「わしらは八十郎の悪事をあばく前に、まず喬之助さまの命を守らねばならぬのだ」

「もっともだな」

喬之助が殺されてしまったら、八十郎の悪事をあばいても後の祭りである。

「華町、容易ならぬ相手だが力を貸してくれ」

向田が源九郎を見すえて言った。

「承知した」

源九郎は、向田に手を貸そう、と心から思った。向田が命を賭けて、主家のために八十郎を斃《たお》そうとしていることが分かったからである。

「ところで、八十郎は佐々木や中畝たちとどこで結び付いたのだ」

二千石の旗本の当主が、金ずくで人殺しもやるようなくずれ御家人や無頼牢人とどこで知り合ったのか、源九郎は疑問を持っていたのだ。

「わしも、くわしいことは知らぬが、玄仙を通して知り合ったらしいのだ」

向田によると、玄仙はさる商家の病人の治療をしたとき、薬代のことで揉め、そのとき、遊び人と付き合いのあった奉公人が中畝を紹介し、中畝の強談判《こわだんぱん》で商家から、当初支払らわれる予定だった薬代以上の金を脅し取ったことがあった。その後、中畝を通して佐々木や木谷たちも玄仙の屋敷に出入りするようになったという。

「くわしいな」

「なに、清水家の中間どもからの請売りだよ」

「いずれにしろ、一筋縄ではいかぬ相手だな」

源九郎がつぶやくような声で言った。

いっとき、ふたりは口をつぐんで黙考していたが、源九郎が、

「向田、若いころ、稽古の後で酒を飲んだことがあったな」

と、むかしを懐かしむように言った。

「ああ、おぬしは若いころから酒を好んだ」

「どうだ、ふたりで一杯やるか」

まだ、貧乏徳利には酒が残っていた。

「いいな」

「よし、飲みなおしだ」

源九郎は、すぐにふたりの湯飲みを用意した。

向田の湯飲みに酒をつぎながら、源九郎は道場の近くの飲み屋で、ふたりで酒を飲んだことがあったのを思い出した。そのとき、どんな話をしたか覚えていないが、剣術のことや将来のことを話したにちがいない。

こうやって、ふたりで酌み交わしていると、歳をとって白髪や皺《しわ》が増え、孫ま

でいることが不思議な気がした。そのときのふたりが、そのままここに座っているような気がしたのである。

四

風のない穏やかな晴天だった。陽射しにも、春の訪れを感じさせるような暖かさがある。

八ツ（午後二時）ごろだった、孫六は千住街道を浅草寺の方へむかって歩いていた。諏訪町《すわちょう》にある勝栄《かつえい》というそば屋へ行くつもりだった。勝栄は栄造《えいぞう》という岡っ引きが女房にやらせている店だった。女房の名がお勝《かつ》、ふたりの名をとって勝栄という屋号にしたのである。

孫六は栄造と懇意にしていた。これまでも、孫六は栄造と手を結んで、相撲の五平《ごへい》という闇社会を牛耳っていた悪党をお縄にしたり、勾引《かどわか》された子供を助け出したりしたことがあった。

栄造は浅草界隈《かいわい》を縄張にしている腕利きである。孫六は福井町の賭場のことを栄造に訊けば、自分で探るより早いと思ったのである。

勝栄の暖簾をくぐると、土間の先の板敷きの間で、職人らしい男がふたり、そばをたぐっていた。昼時をだいぶ過ぎているので、店内はひっそりとしていた。

「いるかい」

孫六が声をかけると、板場で下駄の音がし、お勝が顔を出した。縞柄の着物に赤い片襷《かただすき》をかけていた。色っぽい粋な年増である。

「あら、親分、いらっしゃい」

お勝は孫六が岡っ引きだったことを知っていて、親分と呼ぶ。

「旦那は、いるかい」

「すぐ呼びますから、座っていて下さいな」

そう言い残し、お勝はすぐに板場へひっ込んだ。

そのお勝と入れ替わるように栄造が姿を見せた。料理の仕込みでもしていたのか、濡れた手を前だれで拭きながら出てきた。

「番場町の、めずらしいな」

「そばを頼まァ」

孫六はそばでも食いながら、栄造と話そうと思ったのである。

栄造は板場にもどり、お勝にそばを用意するように言ってから、上がり框に腰を下ろした。

「わざわざ、相生町からそばを食いに来たわけじゃァねえだろう」

栄造が小声で訊いた。

ふたりの客は板敷きの間の隅にいたが、声が大きいと聞こえるのである。

「ちょいと、訊きてえことがあってな」

孫六も声をひそめた。

「お上の御用にかかわるようなことかい」

栄造の口元に浮いていた笑みが消えた。孫六にむけられた目に、やり手の岡っ引きらしいひかりが宿っている。

「町方とかかわりはねえ。旗本のお家騒動だよ」

孫六は、伝兵衛長屋に越してきた向田と喬之助のことを話した。ただ、清水家の騒動のことは濁しておいた。栄造に話すまでもないと思ったのである。

「それで、おれに何が訊きてえ」

栄造の目のひかりが、やわらかくなった。岡っ引きとしてかかわるような事件ではないと踏んだのであろう。

「賭場のことだ」

孫六が声をひそめて言った。

「どこの賭場だい」

「福井町だよ」

孫六は福井町にだれの賭場があるのか知らなかったが、栄造なら知っているはずだった。福井町は栄造の縄張である。

「熊五郎《くまごろう》の賭場か。それで、何が知りてえんだい」

栄造が小声で訊いた。

「賭場に、中畝権十郎という御家人くずれが出入りしてるようなんだが、おめえ、知ってるかい」

「そこまでは知らねえ」

「佐々木稲七郎と木谷泉市は」

孫六は念のためふたりのことも訊いてみた。

「そいつらも、知らねえぜ」

「諏訪町の、おめえさんに迷惑はかけねえ。賭場がどこにあるか、教えてくれ」

孫六は自分で賭場を探るつもりだった。

「いいとも」

栄造が、そう応じたとき、お勝がそばを運んできた。

お勝が孫六の膝先にそばを置き、その場を離れてから、栄造が賭場は福井町一丁目の柴田屋《しばたや》という油問屋の裏手にあると話してくれた。

「ところで、御舟蔵のそばで、侍が殺されていたのを知ってるかい」

孫六は、町方の探索の様子を聞いておこうと思ったのだ。

「ああ、おれは探っちゃァいねえがな」

「それで、下手人の目星はついたのかい」

「いいや、通りすがりの者が顔を黒布で覆ったうろんな侍を見たそうだが、それっきりのようだぜ」

栄造によると、殺されたのが武士であり、辻斬りや追剝《おいは》ぎではないようなので、八丁堀も岡っ引きも本腰を入れて探索していないという。

「武家の遺恨やお家騒動だと、町方の出番はねえからな」

栄造は他人事のように言った。

「もっともだ」

孫六はそばを食い終え、栄造に礼を言って勝栄を出た。

陽は西の空にまわっていた。すでに、七ッ（午後四時）を過ぎているだろうか。賑やかな千住街道を南にむかって歩き、浅草御門の手前を右手の路地へ入った。そこは茅町《かやちょう》で、しばらく町筋を歩くと、福井町一丁目へ出た。

柴田屋はすぐにわかった。界隈では名の知れた大店である。孫六は柴田屋の脇の細い路地へ入り、裏手へまわった。路地沿いには、裏店や小体な仕舞屋《しもたや》などがごてごてとつづいていた。

……それらしい家はねえな。

賭場と思われるような家屋は見当たらなかった。もっとも、路地を歩いていて、それと分かるような建物で賭場はひらけないだろう。近所で訊くわけにもいかない。

孫六はこの辺りだろうと見当をつけてから、路地の灌木の陰に身を隠した。賭場の客らしい男に目をつけて尾行するのである。幸い、夕暮れ時だった。賭場がひらかれていれば、客が集まるころである。

細い路地であった。その路地沿いに、裏店、空き地、笹藪《ささやぶ》などがつづいている。ときどき、ぼてふりや近くの長屋に住む子供などが通ったが、あまり人影はなかった。

孫六がその場にひそんで、小半刻（三十分）ほどしたとき、半纏《はんてん》に股引姿の男がふたり通りかかった。大工か職人といった感じである。仕事を終えて家へ帰るにしては、道具を持っていなかった。それに、ふたりの声に妙に昂《たかぶ》ったひびきがある。

……賭場だな。

孫六は察知した。

ふたりをやり過ごしてから、孫六は樹陰から路地へ出た。そして、半町ほど間を取って、ふたりを尾け始めた。

陽が家並のむこうに沈みかけていた。辺りは、夕陽の淡いひかりにつつまれている。妙に静かで、近くの長屋から子供を叱る女の声や赤子の泣き声などが、間近で発せられた声のようにはっきりと聞こえてきた。

前を行くふたりは一町ほど歩くと、右手の笹藪のなかへ入っていった。そこに小径があるらしい。

孫六は足を速めた。ふたりを見失わないように間をつめたのである。

笹藪のなかの小径をすこし歩くと、正面に板塀をめぐらせた仕舞屋ふうの家が見えた。妾宅ふうの家屋である。

……ここだな。

孫六は、熊五郎の賭場だろうと思った。

賭場にはいい場所だった。笹藪があって路地から見ることはできないし、家屋の左右は笹藪と空き地になっていて近所に長屋や他の住家もない。人目を忍んで賭場をひらくにはもってこいの場所である。

ふたりの男は枝折《しお》り戸を押して家の戸口へむかった。孫六の睨んだとおり、ここが賭場のようである。

五

孫六は笹藪の陰に身をひそめた。中畝があらわれるのを待って、塒《ねぐら》をつきとめようと思ったのである。

ときおり、小店のあるじらしい男、職人、遊び人などがあらわれ、笹藪のなかの小径をたどって板塀をめぐらせた家へ入っていく。賭場の客であろう。

暮れ六ツ（午後六時）の鐘が鳴り、辺りが淡い暮色に染まってきたとき、小径にふたりの人影があらわれた。ふたりとも、武士である。

……やつだ！

孫六は胸の内で叫んだ。

ひとりは、御家人ふうの武士だった。痩身で、目付きの鋭い男である。しかも、身辺に荒廃した雰囲気がただよっている。中畝であろう。

もうひとりは、ずんぐりした体軀で総髪、大刀を一本落とし差しにしていた。

牢人である。

……木谷かもしれねえ。

孫六は源九郎から聞いていた木谷泉市のことを思い出した。ただ、牢人ということしか分かっていなかったので、この場で木谷と断定することはできない。

ふたりは何か話しながら、板塀をめぐらせた家へ入っていった。

……さて、どうするか。

ふたりが博奕《ばくち》を打ちに来たのなら、しばらく出てこないだろう。下手をすると、明朝まで姿を見せないかもしれない。

そのとき、孫六の脳裏におみよのことがよぎった。朝帰りでもしようものなら、おみよにこっぴどくやり込められるだろう。

それに陽が沈んで、大気が冷えてきた。朝までこんな場所で見張っていたら、風邪どころか、それこそ凍死でもしかねない。

……明日、出直すか。

そう思って、孫六が笹藪から小径へ出ようとしたときだった。賭場の方で笑い声が聞こえた。見ると、町人体の男が戸口で笑っている。下足番らしい三下に、何か冗談でも言ったのかもしれない。戸口の脇にかがんでいた若い男も笑い声を上げていた。

町人体の男が枝折り戸を押して、小径へ出てきた。紺の半纏に黒の股引。大工か職人のようである。男は跳ねるような足取りで、こっちに歩いてくる。博奕に勝ったのかもしれない。

孫六は、ふたたび笹藪に身を隠した。町人体の男に、中畝と木谷のことを聞いてみようと思ったのである。

男をやり過ごしてから、孫六は小径へ出た。いっとき、男の跡を尾け、賭場から離れたところで、孫六は男に走り寄った。

「兄さん、待ってくれ」

孫六が後ろから声をかけると、男は立ちどまった。

「おれかい、爺《じい》さん」

男は振り返って怪訝《けげん》な顔をした。三十がらみ、浅黒い顔で妙に眉《まゆ》の濃い男だった。

「へえ、ちょいと訊きてえことがありやしてね」

「何が訊きてえんだ」

男の顔に警戒するような表情が浮いた。夕暮れ時、突然あらわれて声をかけられれば不審を抱いて当然であろう。

「へッへへ……。ちょいと、こっちのことで」

孫六は壺を振る真似をして見せた。

「おめえ、だれでえ」

男の顔がこわばった。孫六を、賭場を探りにきた岡っ引きとでも見たのであろうか。

「手慰みの好きな爺々《じじい》でしてね。熊五郎親分の賭場で、ちょいと遊ばせてもらおうと思って来たんだが、妙なやろうに会っちまって二の足を踏んでるんでさァ」

孫六は、岡っ引きだったことを伏せて話を聞き出そうと思った。

「そうかい。……で、だれに会ったんでい」

男の顔から警戒の色が消えた。口元に、人懐っこいような笑みが浮いている。

博奕仲間と知って、安心したようである。

「二本差しでさァ」

「中畝の旦那か」

男が中畝の名を出した。やはり、孫六の睨んだとおり中畝である。

「いや、中畝の旦那といっしょにいたやつなんで。あっしは、痛い目に遭ったことがありやしてね」

「木谷の旦那だな」

すぐに、男が言った。もうひとりは木谷泉市にまちがいないようだ。うまく、すれば木谷の塒もつきとめられるかもしれない。

「へい、一年ほど前につまらねえことで睨まれ、あやうくバッサリでさァ」

孫六がもっともらしく言った。むろん、作り話である。

「二本差しには、逆らわねえことだよ」

そう言うと、男はゆっくりと歩きだした。

「それで、賭場に顔を出すと、睨まれるんじゃァねえかと思いやしてね。あのふたり、しばらく居座りやすかね」

孫六は、男の後ろに跟《つ》いて訊いた。

「まァ、しばらくは出てこねえだろうよ」

「やっぱり、今夜は諦《あきら》めるか。……それで、あのふたり、賭場にはよく顔を出すんですかい」

「中畝の旦那はよく来るが、木谷の旦那は滅多にこねえよ」

「そうですかい。……ふたりの塒はこの辺りなんですかねえ」

孫六は世間話でもするような口調で訊いた。

「塒までは知らねえなァ」

「この辺りをうろついていて、路地でバッタリなんてえのも御免だし……」

孫六がつぶやくような声で言った。

「そういやァ、中畝の旦那が、木谷の旦那と樽政《たるまさ》でよくめしを食うと言ってたことがあるな。ふたりの塒は、樽政の近くじゃァねえのかい」

「樽政といいやすと」

「神田川縁にある一膳めし屋だよ」

「そうですかい」

ふたりの塒はつきとめられる、と孫六は思った。

「木谷の旦那と顔を合わせたくねえなら、この辺りをうろつかねえ方がいいかもしれねえぜ」

男はそう言って、すこし足を速めた。

「そうしやす」

孫六は足をとめた。これ以上、男から聞き出すこともなかったのだ。

翌日、孫六は神田川沿いの道を浅草御門から湯島方面にむかって歩いた。まず、樽政を見つけるのである。

樽政はすぐに分かった。浅草御門から近い平右衛門町《へいえもんちょう》にあった。福井町の隣町で熊五郎の賭場からも、それほど遠くなかった。

孫六は腹がすいていたこともあって、樽政に入った。注文を訊きにきた小女に、それとなく中畝と木谷のことを訊くと、ときどき店に来てめしを食ったり酒を飲んだりして帰るとのことだった。ただ、ふたりの住処《すみか》は知らなかった。

……いずれにしろ、ふたりの塒は近《ちけ》えはずだ。

そう読み、孫六は樽政を出ると、通り沿いの酒屋や米屋などに立ち寄り、中畝と木谷の名を出して訊いてみた。

だが、なかなかふたりの住処は分からなかった。通り沿いの表店には、あまり立ち寄らないらしい。

その日、陽が沈むころまで歩きまわり、やっと木谷の塒だけは分かった。小体なそば屋の親爺が、木谷のことを知っていたのである。

木谷の塒は、樽政から遠くない裏路地にある清兵衛店《せいべえだな》という棟割り長屋だった。長屋近くで話を聞くと、木谷に家族はなく独り暮らしであることが分かった。それに、中畝らしい武士が、ときおり長屋にも顔を出すようである。

……中畝も、じきに手繰《たぐ》れる。

孫六は、茂次か三太郎の手を借りて、木谷の跡を尾けてもいいと思った。

六

その日、三太郎ははぐれ長屋近くの瀬戸物屋の板塀の陰にいた。茂次が身を隠して、下駄屋の前にいた島次郎の様子を窺《うかが》っていた場所である。

三太郎は増上寺の門前へ砂絵描きの見世物に行っていたが、昼までに切り上げ、この場所で長屋へ出入りする者を見張っていたのである。

源九郎から、ちかいうちに八十郎の手の者が長屋にいる向田と喬之助を襲うかも知れないと聞き、それなら長屋を見張っていち早く襲撃を察知し、源九郎たちに知らせようと思ったのである。

三太郎は源九郎や菅井のように剣を遣って敵を斃すこともできなかったし、孫六や茂次のように探索や尾行も巧みではなかった。取柄といえば、人相書や似顔絵を描いて下手人の探索や追及に役立てることだが、今度の件は三太郎の出番がない。かといって、いつものように分け前をもらっている手前、何もしないわけにはいかなかったのだ。それで、せめて長屋を見張り、源九郎たちの役に立とうと思ったのである。

だが、それらしい一味はなかなか姿を見せなかった。三太郎は陽が沈み、辺りが夜陰につつまれるころになると、諦めて長屋にもどった。

三太郎が、その場に身を隠して長屋を見張るようになって三日目だった。七ツ(午後四時)ごろ、下駄屋の店先に町人体の男があらわれた。半纏に股引。手ぬぐいで頬っかむりしている。

男は、下駄屋の店先に並べられた下駄を手にしながら、長屋につづく路地木戸に目をやっていた。

……あの男かも、しれねえ。

三太郎は、板塀の角から身を乗り出すようにして男を見た。

そのとき、男が通りの先に顔をむけた。面長で顎がとがっている。

……あの男が、島次郎だ!

三太郎は確信した。

島次郎は、すぐに下駄屋の前を離れた。そして、さきほど目をやった方向へ足早に歩きだした。

通りの先を見ると、遠方に数人の人影が見えた。いずれも武士らしく、刀を差しているのが見てとれた。こちらに歩いてくる。

……長屋を襲うつもりだ!

察知した三太郎は、板塀の陰から飛び出した。

三太郎は鉄砲玉のような勢いで、路地木戸から長屋へ駆け込んだ。

源九郎の家の腰高障子を開け放つや否や、

「だ、旦那、来やがった!」

三太郎が、叫んだ。

「八十郎の手の者か」

傘張りをしていた源九郎が立ち上がった。

「へい」

「何人だ」

「侍だけで、四、五人おりやす」

「分かった。わしが向田たちには知らせる。三太郎は、菅井を呼んでくれ」

菅井は両国広小路で居合抜きの見世物をしているはずだった。長屋からは遠くない。八十郎の手の者と斬り合うようなことにでもなれば、菅井の居合は威力を発揮するはずである。

「承知しやした」

一声上げて、三太郎が飛び出していった。

部屋の脇には、喬之助が座していた。ただ、身装《みなり》は武家のものではなかった。古い半纏に股引姿の町人体だった。もしものことを考え、長屋の者から喬之助の体に合う物を借りたのである。その喬之助の顔がこわばった。暗殺者たちが、自分の命を狙って長屋に踏み込んでくることを察したのである。

「喬之助どの、何があってもここから出ぬようにな」

源九郎が念を押した。

「分かりました」

喬之助がしっかりした声で答えた。緊張してはいるが、怯《おび》えている様子はなかった。軟弱そうだが、武士の子らしい剛毅な一面を持っているらしい。向田たちと暮らすうちに、そうした心が培われたのかもしれない。

源九郎は戸口から表を覗き、襲撃者たちの姿がないことを確かめてから向田の部屋へむかった。

向田の部屋には、欽次郎と横川もいた。源九郎が、すぐに襲撃者たちが踏み込んでくることを口にすると、三人の顔に緊張がはしった。

「いよいよ来たか」

そう言って、向田が部屋の隅に置いてあった二刀をすばやく腰に帯びた。欽次郎と横川も刀を差し、いそいで袴の股だちを取った。

「向田、こちらから仕掛けることはないぞ。ここで斬られては、犬死にだ」

源九郎が欽次郎と横川にも聞こえる声で言った。

まだ、敵がだれか分かっていないが、佐々木、中畝、木谷の三人はいるとみていい。

腕のたつ向田はともかく、欽次郎と横川は斬り合いになれば後れをとるかもしれない。

「承知している。こちらからは、仕掛けぬ」

向田が、欽次郎と横川に、はやまるなよ、と念を押すように言った。

そのとき、障子の向こうで走り寄る足音がひびいた。数人の足音が戸口の前でとまり、いくつもの人影が障子に映った。戸口を取りかこんだらしい。

「向田の旦那、おりやすかい」

男の声が聞こえた。島次郎のようである。

「だれだ」

向田が声を上げた。

「ちょいと、顔を見せてくだせえ。大事《でえじ》な用がありやすんでね」

「用があるなら、勝手にあけろ」

「そうですかい」

ガラリ、と障子があいた。

戸口に、手ぬぐいで頬っかむりした島次郎が立っていた。背後に、武士が五人居並んでいる。五人とも深編み笠はかぶっていなかったが、鼻から下を黒布で隠していた。面垂《おもだ》れである。おそらく、長屋に入ってから顔を隠すために付けたのであろう。居並んだ姿は異様だった。五人の双眸《そうぼう》が、刺すようなひかりを放っている。

瘦身の武士が中畝、巨軀が佐々木。総髪の牢人体が木谷であろう。他のふたりは体軀も風貌も見覚えはなかったが、おそらく八十郎に仕える家士にちがいない。

七

「喬之助さまは、おりやすかい」

島次郎が、土間に立った向田の肩越しに部屋のなかを覗き込んだ。

源九郎と横川は向田のすぐ後ろにいて、欽次郎だけはさらに後方に残っていた。

「旦那方、いやすぜ」

島次郎が、後ろの中畝たちを振り返って言った。部屋のなかが暗かったので、島次郎は欽次郎を喬之助と見誤ったらしい。

「大勢で押しかけて何の用だ」

向田が強い口調で言った。

「向田の旦那、命が惜しかったら喬之助さまを渡しな。そうすりゃァ、おめえたちの命は助けてやってもいいんだぜ」

島次郎がうす笑いを浮かべて言った。

「喬之助さまは、ここにはおらんぞ」

「なに」

島次郎が驚いたような顔をした。

「わしらも、喬之助さまの行方を探しておるのだ」

そう言いながら、向田がさらに障子をあけて表に出ると、島次郎が慌てて後ろへ飛びすさった。

向田につづいて、源九郎と横川も土間から表へ出た。

源九郎と横川が戸口から離れたため、欽次郎の姿が表からでもはっきり見えるようになった。

「喬之助さまじゃァねえ！」

島次郎が叫んだ。

「だから言ったろう。喬之助さまは、ここにはおらんと」

「どこへ隠した。喬之助さまは、ここにいたはずだ」

島次郎が目をつり上げて言った。

「長屋には、わしと倅で暮らしていたのだ」

そう言って、向田はニヤリと笑った。

「だ、旦那方、どうしやす」

島次郎が声をつまらせて言った。狼狽《ろうばい》して、顔がゆがんでいる。

「向田、きさま、喬之助を隠したな」

巨軀の佐々木が胴間声で言った。向田を見すえた双眸が怒りに燃えている。

すると、佐々木の脇にいた中畝が、

「長屋のどこかに隠しているのかもしれんぞ」

と、長屋全体に視線をまわしながら言った。

長屋の戸口の前に、何人かの女房や子供の姿があった。どの顔も恐怖でこわばっている。長屋に押し入ってきた中畝たちの姿を見て、異変を察知したにちがいない。なかには悲鳴のような声を上げて、母親を呼ぶ子供もいた。

そうしている間にも次々に腰高障子があき、長屋の住人たちが戸口に顔を出した。女房と子供だけでなく、年寄りや居職《いじょく》の男たちの姿もあった。長屋の住人の目は、佐々木たち六人と源九郎たち四人にそそがれている。

「口を割らせればいい」

そう言って、中畝が刀の柄に右手を添えた。

と、佐々木、木谷、ふたりの家士も鯉口を切り、抜刀体勢を取った。一瞬、対峙した源九郎たちとの間に緊張がはしった。

「待て」

源九郎が一歩前に出た。

「ここで、斬り合うつもりか。まわりを見てみろ。長屋の住人の口は、ふさぎきれぬぞ。うぬらのことは、江戸中にひろまる」

源九郎が周囲に目をやりながら言った。

何十人という住人たちが戸口に立って、ことの成り行きを蒼ざめた顔で食い入るように見つめている。

島次郎を除く、中畝たち五人が逡巡《しゅんじゅん》するようにお互いの顔を見合った。さすがに、衆人環視のなかで斬り合うのはまずいと思ったようだ。

「旦那方、やっちゃいやしょう」

島次郎が、けしかけるように言った。

そのときだった。路地木戸の方から走り寄る足音が聞こえた。つづいて、菅井の旦那だ！　という女の声がひびき、路地木戸に近い棟の住人の間で歓声が起こった。

菅井と三太郎が駆け込んできた。菅井は総髪を振り乱し、とがった顎を前に突き出すようにして走ってくる。面長の顔が赤みを帯び、目がつり上がっている。夜叉《やしゃ》のような顔である。

「どけ、どけ！」

菅井は源九郎たちと中畝たちの間に駆け込んできた。

「菅井か、いらぬところへ出てきおって」

佐々木が吐き捨てるように言った。

「おまえたちに、勝手な真似はさせぬ」

菅井が肩で息しながら言った。そして、佐々木と対峙すると、両袖をたくし上げた。

すると、長屋の住人たちが急に勢い付いたように騒ぎだした。男の姿がだいぶ多くなっている。ぼてふりや日傭取《ひようと》りが仕事を終えて、長屋に帰ってきたのであろう。源九郎たちには声援が、中畝たちには激しい怒声や罵詈《ばり》が浴びせられた。なかには助太刀をするつもりなのか、心張り棒や天秤棒などを手にしている男もいる。

「長屋のくずどもが」

佐々木が腹立たしそうに言った。

「まずいな」

中畝が一歩身を引いた。その目が、戸惑うように揺れている。この場で、やり合うのはまずいと思ったようである。

　すると、これまで黙っていた木谷が、

「互角だな。おれたちも、半数は殺《や》られるぞ」

　と、くぐもったような声で言った。

　数瞬、中畝たちは源九郎たちを見すえていたが、

「この場は引こう」

　と、中畝が言って、後じさった。

　すぐに、他の男たちも身を引き、源九郎たちとの間があくと、反転して路地木戸の方へ駆け出した。

「覚えてやがれ！」

　島次郎が捨て台詞《ぜりふ》を残して、男たちの後についた。

　その様子を見た長屋の住人たちから歓声が湧き上がり、走り去る中畝たちの背に嘲罵《ちょうば》の声があびせられた。子供たちのなかには中畝たちにむかって小石を投げたり、飛び跳ねたりする者もいた。まるで、合戦にでも勝ったようなはしゃぎようである。

「撃退したな」

向田が頬を紅潮させて言った。

「ああ」

「わしの見込んだとおり、この長屋は城郭のようだ」

「だが、やつらもこのまま引き下がらぬぞ」

源九郎が顔をひきしめて言った。

八

「三太郎、あれが長屋の木戸だよ」

孫六が路傍に立って路地木戸を指差した。

中畝たちがはぐれ長屋に押しかけて、三日経っていた。この日、孫六は三太郎を連れて、平右衛門町の清兵衛長屋の路地木戸の前へ来ていた。

この三日の間に、孫六は二度、平右衛門町へ来て、木谷が清兵衛長屋に住んでいることを確かめていた。その木谷を尾行し、中畝や佐々木の塒をつきとめようとしたのである。

当初、孫六は茂次の手も借りようと思ったが、茂次は本所北本所の小料理屋から中畝たちをたぐりたいと言うので、三太郎だけを連れてきたのである。

「長丁場になる。ふたりで、交替して見張ろうじゃァねえか」

孫六が言った。

「どこかに、身を隠すところがありやすかね」

三太郎は通りに目をやった。

細い通りだが、小体な店や表長屋などがつづき、ちらほら通行人の姿もあった。路傍に立ったまま見張るわけにはいかない。

「あの土蔵の陰はどうでえ」

孫六が指差した。

五間ほど先に米問屋があり、店舗の脇に古い土蔵があった。その陰から、路地木戸が見えそうである。

「木戸を見張るにはいい場所ですぜ」

三太郎が言った。土蔵の脇に樫《かし》が枝葉を茂らせていて、通りからは見えにくくなっている。

ふたりは土蔵の陰へまわると、しばらく路地木戸に目をむけていたが、

「おめえ、めしでも食ってこい」

と、孫六が言った。

すでに九ツ（正午）を過ぎていた。腹もへってきたし、ふたり雁首をそろえて見張っていることもないと思ったのである。

「この先に、そば屋がありやした。そこで、腹ごしらえをしてきやす」

三太郎は、半刻（一時間）ほどしたらもどる、と言い残して、その場を離れた。

孫六は土蔵の陰に屈み、路地木戸に目をむけていた。ときおり、長屋の女房らしい女や子供などが通りへ出てきたが、木谷は姿を見せなかった。

半刻ほどして、三太郎がもどってきた。孫六は見張りを交替して、その場を離れた。そば屋で腹ごしらえをしてくるつもりだった。

孫六が、そば屋の板敷きの間に腰を下ろし、頼んだそばをたぐり始めたときだった。戸口から、三太郎が慌てた様子で飛び込んできた。

「どうしたい」

孫六は箸を置いて立ち上がった。

「来やした」

三太郎が、孫六の耳元で言った。他の客に、聞かれたくなかったのである。

「跡を尾けねえのか」

孫六が呆《あき》れたような顔をした。せっかく木谷が長屋から出てきたのに、尾けなければ見失ってしまうだろう。

「それが、長屋へ入《へえ》っていきやした」

三太郎が小声で言った。

どうやら、木谷が長屋から出たのではないらしい。

「牢人か」

「いえ、羽織袴姿二本差しでさァ」

「痩《や》せたやろうか」

「へい」

「中畝だな」

孫六は、中畝が木谷を訪ねて来たのだと思った。

「こいつはいい。中畝を尾ければ、埒がつかめるぜ」

孫六は残りのそばをたぐると、銭を払って店を出た。

ふたりが見張りの場所にしていた土蔵の陰に身をひそめると、孫六が、

「ちょいと、長屋を覗いてくらァ」

と言い置いて、その場を離れた。孫六は、すでに長屋の住人に訊いて、木谷の

部屋も知っていたのだ。

孫六は路地木戸をくぐり、木谷の部屋のある北側の棟へ歩きかけたとき、ふいに棟の脇から人影があらわれた。ふたり。武士体だった。

……やつらだ！

中畝と木谷である。

孫六は慌てて、そばにあった芥溜《ごみた》めの脇に身をかがめた。幸い、気付かれなかったようだ。ふたりは何か話しながら、こっちに歩いてくる。

ふたりは芥溜めのそばを通り、路地木戸から出ていった。その姿が通りに消えると、孫六は芥溜めの脇から飛び出した。

路地木戸まで行って、通りに目をやると、中畝と木谷の後ろ姿が見えた。神田川の方へむかって歩いていく。

土蔵に目をやると、三太郎が後を尾けようかどうか迷っているように、半分身を乗り出して足踏みしていた。

……こっちへ来い。

孫六は胸の内で言いながら手招きした。

「ど、どうしやす」

三太郎が、孫六のそばに駆け寄って訊いた。

「ふたりを尾けるんだ。おめえは、おれの後ろからついてきな」

そう言うと、孫六は通りへ出た。

だが、中畝と木谷が入ったのは、樽政だった。めしでも食いにきたようである。

「こうなったら、店から出てくるのを待つしかねえなァ」

孫六が後ろから走り寄った三太郎に言った。塒にたどり着くまで、ふたりを尾けてやろう、と孫六は腹をくくった。

孫六と三太郎は神田川沿いの柳の陰に身をかがめて、樽政の店先に目をやっていた。中畝たちはなかなか出てこなかった。一杯やっているらしい。

七ツ（午後四時）ごろであろうか。陽が西の空にまわり、夕陽が神田川の土手の枯れ草を蜜柑《みかん》色に染めている。足元から神田川の流れの音が物悲しく聞こえてきた。

「き、来やした」

三太郎が声を上げた。

見ると、中畝と木谷が樽政の店先にあらわれた。ふたりは店の前で何か話していたが、すぐに、左右に分かれた。

「三太郎、木谷を頼むぜ。おれは、中畝を尾ける」

「分かりやした」

三太郎が目を剝いて言った。

中畝が孫六たちの前を通り過ぎてから、三太郎が通りへ出た。すでに、木谷は樽政から半町ほども離れている。

孫六は中畝の背が遠ざかるのを待ってから跡を尾け始めた。中畝は神田川沿いの道を湯島方面にむかって歩いていく。

神田川沿いの通りの人影はまばらだった。落日に急《せ》かされるように足早に通り過ぎていく。中畝は後ろを振り返らなかった。尾行されるとは、思っていないのだろう。

中畝は神田川にかかる和泉《いずみ》橋を渡って、柳原通りへ出た。

しばらく柳原通りを筋違《すじかい》御門の方へ歩いてから、左手の路地へ入っていった。そこは、平永町である。

それからいっとき歩き、中畝は細い裏路地の突き当たりにあった小体な仕舞屋に入った。古い借家ふうの家屋である。

……ここだな。

孫六は、中畝の塒だろうと思った。

表通りにもどった孫六は、近くの八百屋で話を訊くと、やはり中畝の住む借家であることが分かった。話を訊いた初老の親爺は、中畝が半年ほど前に越してきたことや得体の知れない武士で、近所の者は怖がって近付かないことなどを渋い顔をして話した。

その日、孫六は暗くなってから長屋にもどった。三太郎が帰っていたので、その後の様子を訊くと、木谷はそのまま清兵衛長屋にもどったとのことだった。中畝と木谷は、何か相談があって顔を合わせたのであろう。

「いずれにしろ、これで中畝と木谷の塒が分かったんだ」

孫六が目をひからせて言った。

第四章　攻　勢

一

正面に伝通院《でんづういん》の表門が見えた。門の先の杜《もり》のなかに、堂塔が折り重なるように見えている。穏やかな晴天だった。伝通院の杜に、早春の陽が燦々《さんさん》と降りそそいでいる。

源九郎と向田は、小石川の水戸家上屋敷の脇の道を伝通院にむかって歩いていた。ふたりは、伝通院の東側にあたる小石川中冨坂町へ行くつもりだった。そこに玄仙の屋敷があったのである。

この日、向田が玄仙の所在を確かめてみたい、と言い出し、ひとりで小石川に行くというので、源九郎も同行したのだ。それというのも、向田がひとりで長屋を出たことを中畝たちが知れば、かならず襲うだろうと思われたからである。

ただ、喬之助と欽次郎だけを長屋に残しておくのは不安だったので、菅井に頼んで長屋にいてもらうことにした。

「玄仙を捕らえるつもりなのか」

歩きながら、源九郎が訊《き》いた。向田が様子を見るためだけに、危険を冒して小石川まで来たとは思えなかったのである。

「様子を見てな」

向田は言葉を濁したが、機会さえあれば、玄仙を捕らえて口を割らせたい、と思っているようだった。

ふたりは伝通院の表門の前を右手にまがった。すこし歩くと、水戸家上屋敷の脇に火除地《ひよけち》がひろがっていた。そこを左手にまがった先が中冨坂町である。中冨坂町へ入って町屋のつづく通りをしばらく歩くと、向田が路傍に足をとめた。

「あれが、玄仙の屋敷だよ」

向田が前方の黒板塀をめぐらせた屋敷を指差した。

「なかなかの屋敷ではないか。流行医者《はやりいしゃ》のようだな」

門は木戸門だったが、小身の旗本を思わせるような屋敷だった。

流行医者とは、かならずしも名医や良医ということではない。繁盛している医者という意味である。

「医術はたいしたことはないが、金儲けの術《すべ》は達者だからな」

向田が苦々しい顔をして言った。

向田によると、玄仙はことのほか世辞や追従《ついしょう》が巧みだという。そして、主に富商や大身の旗本を相手にし、治療代も薬種代も桁外れに高いそうだ。金儲けの上手な医者のようである。

「屋敷を覗いてみるか」

源九郎は木戸門の隙間《すきま》からなかを覗いてみようと思った。

通行人のふりをして門前まで行くと、通りの人影がないのを確かめてから門扉の隙間からなかを覗いてみた。

正面に玄関が見えた。式台を備えたなかなかの玄関である。どうやら屋敷に乗物《のりもの》もあるようだ。乗物とは、引き戸のついた上等の駕籠《かご》のことである。

自家用の乗物を持ち、陸尺《ろくしやく》を雇っている医者は乗物医者とも呼ばれていた。繁盛している医者は自前の乗物に乗り、何人もの供を従えて患者の元へ行く。

乗物を使うのは、患者の元に早く行くためもあるが、乗物が持てるほど繁盛しているという見栄もあるのだ。

大きな屋敷だった。奉公人や陸尺を住まわせておく長屋もあった。女中や下働きの者も何人かいるにちがいない。

「おい、だれか来るぞ」

向田が源九郎の肩先をたたいた。

源九郎は慌てて門扉から身を離した。通りの先を見ると、黒鴨《くろがも》がふたりこちらへ歩いてくる。

黒鴨というのは、紺無地の上着と股引を着た下僕や供の者のことである。医者に奉公する者は、黒鴨と呼ばれる格好をしていることが多かったのだ。

「ふたりに話を訊いてみよう」

向田が小走りにふたりの方へむかった。すこしでも門前から離れた場所で、ふたりと顔を合わせたかったらしい。源九郎も慌てて後を追った。

「つ、つかぬことを、訊くが」

向田が声をつまらせて言った。急いで来たので、息が上がったらしい。源九郎はすこし遅れて向田の後ろに立った。

ふたりの男は、驚いたような顔をして向田と源九郎を交互に見ていた。ふたりが年格好から風貌までそっくりだったので、驚いたらしい。

「ふたりは、玄仙どのの許で奉公しているのかな」

向田が訊いた。

「さようで」

長身の三十がらみの男が、訝《いぶか》しそうな顔で答えた。

「わしは、今川町に屋敷のある旗本、華町さまにお仕えする者だがな。玄仙どのの評判を耳にして、訪ねて参ったのだ」

向田は勝手に源九郎の姓を口にした。咄嗟《とっさ》に、口をついて出たのであろう。

「へえ」

長身の男が首をひねった。華町などという旗本は、聞いたこともなかったからであろう。

「実は、殿の具合がよくないのだ。玄仙どのに診《み》ていただこうかと思ってな。それで、玄仙どのは、屋敷におられるのか」

「おられると思いやすが、あっしらはお屋敷を出ていやしたんで、もどらねえと確かなことは分からねえが」

もうひとり小太りの男が、もっともらしい顔をして言った。

「お屋敷には、乗物があるのか」

「ありやす。玄仙さまは、駕籠で出られやすから」

小太りの男が答えた。

「だいぶ繁盛しているようだが、奉公人も大勢おられるのだろうな。患者の許へ行くときは、供の者はどれほどつくのかな。なに、屋敷に来ていただくとなると、それ相応の支度をせねばならぬからな」

「駕籠かきを入れて、十人ほどになりやしょう」

「十人もで来るのか。それで、武家はおるまいな」

向田が訊いた。

「いえ、お侍さまも三人ほど供につきやす」

「なに、三人も」

向田が驚いたように目を剝《む》いた。

そのとき、源九郎が脇から口をはさんだ。

「わしの知り合いが玄仙どのの許にいると申していたが、中畝どのと佐々木どのではないかな」

源九郎は、腕の立つ者が玄仙の身辺警護のために、屋敷内にいるのではないかと思ったのである。当然、八十郎の意を受けた者になるだろうが、頭に浮かんだのは中畝、佐々木、木谷であった。ただ、牢人体の木谷は除外されるだろう。

「よくご存じでございますね。……佐々木さまは、屋敷内におられます。ですが、中畝さまという方はおりません」

そう答えたのは、長身の男である。この男は、物言いが丁寧《ていねい》だった。

「他には、どなたがおられるのかな」

さらに、源九郎が訊いた。

「菅谷《すがや》さまと小野《おの》さまでございます」

源九郎はふたりの名に覚えがなかったので、向田に目をやると、ちいさくうなずいて見せた。

「このようなところで、立ち話をするより、直に玄仙さまにお話しされたらどうです」

長身の男が言った。顔に不審そうな色が浮いている。源九郎と向田の問いから、屋敷の奉公人を探っているように感じたのかもしれない。

「いや、それほどの従者がおるのでは、当家で頼むのは少々無理なようだ。華町家も、ちかごろ内証《ないしょ》が苦しいようなのでな。またにいたそう」

向田はそう言うと、そそくさとその場を離れた。源九郎は慌てて、向田の後を追った。

背後でふたりの男の、なんだい、あのふたりは、小っ旗本《こっぱたもと》の用人だろうよ、と揶揄《やゆ》するようなやり取りが聞こえた。

その場から一町ほど離れてから、向田は足をとめて振り返った。源九郎も後ろを見ると、ふたりの姿はなかった。木戸門から屋敷内に入ったのだろう。

「玄仙め、屋敷内を固めているようだな」

向田が昂《たかぶ》った口調で言った。

「だが、佐々木の居所が知れたぞ」

ふだんは、玄仙の屋敷内にいるとみていいようだ。

「三人もで警護しているとなると、迂闊《うかつ》に踏み込めんな」

「菅谷と小野という男は」

源九郎は初めて聞く名だった。

「菅谷仙九郎《せんくろう》と小野甚太郎《じんたろう》は、清水家の若党だ。ふたりとも、遣い手と聞いている」

向田によると、ふたりは向田や喬之助が屋敷を出た後、八十郎に新たに雇われた若党だという。

「今日のところは、おとなしく帰るより手はないな」

源九郎は、屋敷に押し込むより、玄仙が乗物で出たとき襲った方が身柄を確保しやすいと思った。そのことを話すと、

「いたしかたない」

向田もうなずいた。

二

源九郎と向田は、水戸屋敷の裏手をまわって本郷へ出た。

向田が、せっかくここまで来たのだ、清水家の屋敷を見て行こう、と言うので、源九郎もついてきたのである。

清水家の屋敷は、二千石の旗本に相応《ふさわ》しい門構えをしていた。門扉はとじられて屋敷内はひっそりしていたが、八十郎は小普請なので、屋敷内にいるはずだという。

源九郎たちは表門の前で足をとめなかった。そのまま通り過ぎ、菊坂町へ入っ

た。

「そばでも、どうだ」

町筋にそば屋があるのを目にして、源九郎が言った。

すでに、八ツ（午後二時）を過ぎていた。朝めししか食っていなかったので、かなり空腹だった。

「そうしよう」

すぐに、向田は同意した。

ふたりはそば屋の追い込みの座敷に腰を落ち着けると、小女にまず酒を頼んだ。喉も乾いていたので、酒がことのほかうまかった。ふたりで、しばらく酌み交わした後、そばをたぐって腹ごしらえをしてからそば屋を出た。

陽は家並のむこうに沈みかけていた。表店《おもてだな》の長い影が通りに伸びている。ふたりは足を速めた。夜が深くならないうちに、長屋へ帰りたかったのである。

相生町まで来ると、辺りは淡い夜陰につつまれていた。上空は満天の星空である。伝兵衛長屋につづく路地木戸の前まで来たとき、茂次が飛び出してきた。何かあったのか、顔がこわばっている。

「だ、旦那、やられた！」

茂次が源九郎の顔を見るなり、声を上げた。

「だれが、やられたのだ」

咄嗟《とっさ》に、源九郎は喬之助ではないかと思った。向田の顔も血の気が失《う》せている。

「三太郎と、孫六のとっつァんで」

「殺されたのか」

源九郎の顔が蒼ざめている。三太郎と孫六が、敵の手にかかるとは思っていなかったのだ。

「いや、殴られて怪我をしただけでさァ」

「それで、おまえはどこへ」

源九郎が訊いた。ひとまず、安堵《あんど》した。ふたりとも生きているらしい。

「東庵先生を呼びに」

「すぐ、行ってくれ」

東庵に診てもらうとなると、浅手ではないだろう。

源九郎は小走りに路地木戸をくぐった。向田も顔をこわばらせて跟《つ》いてきた。

三太郎と孫六のふたりは、三太郎の部屋にいた。東庵にいっしょに診てもらう都合で、孫六を三太郎の部屋に連れてきたようである。

部屋には、菅井、三太郎の女房のおせつ、隣に住むお竹《たけ》、孫六の娘のおみよ、茂次の女房のお梅、それにお熊をはじめ長屋の女房連中が五人集まっていた。狭い座敷は女たちでいっぱいである。どの顔もこわばっていたが、なかでもおせつやおみよは、紙のように蒼ざめた顔で、三太郎と孫六を見つめていた。

孫六は顔に手ぬぐいを巻いて、座り込んでいた。手ぬぐいがどす黒く血に染まり、片方の瞼が腫《は》れている。何か、棒のような物で殴られたのであろうか。頬には筋状の青痣《あおあざ》もあった。ただ、傷はそれだけらしい。命にかかわるようなことはなさそうだった。孫六は口を引き結び、苦虫を嚙み潰したような顔をしていた。

一方、三太郎は夜具の上に横になっていた。頭に巻かれた晒《さらし》が、どっぷりと血に染まっている。まだ、出血しているようで、鮮やかな血の色が見ている間にも晒にひろがっていく。頭部の皮膚が裂けているのかもしれない。腕にも晒が巻かれていたが、それほどの出血はないようだった。三太郎は天井に目をむけたまま顔を苦痛にしかめていた。

「どうした」

源九郎は、孫六のそばに膝を折るなり訊いた。

「面目ねえ。下駄屋の先で、待ち伏せしてやがって」

孫六が悔しそうに顔をゆがめて言った。

孫六の話によると、ふたりは中畝と木谷の塒《ねぐら》を見張るために出かけていたという。その帰りに長屋のそばまで来ると、下駄屋の陰から島次郎とふたりの御家人ふうの武士が走り出て、行く手をはばんだ。そして、武士ふたりが刀を突き付け、

「喬之助はどこにいる」

と、恫喝《どうかつ》するような声で訊いた。

「喬之助なんてやろうは、長屋にいねえ」

孫六が突っ撥《ぱ》ねるように言うと、いきなり島次郎が手にした棒で、孫六と三太郎を殴りつけた。ふたりが逃げようとすると、武士も峰打ちで打ちかかってきた。

「それで、このざまでさァ」

孫六が苦笑いを浮かべて言った。

ただ、それだけで解放されたわけではなく、孫六と三太郎は執拗《しつよう》に喬之助の居所と向田たちの動向を訊かれたという。

「このまじゃァ命が危ねえ、と思いやしてね。あっしが、名は知らねえが、若い侍なら十日ほど前に向田さまと長屋から出ていったと話したんでさァ」

すると、島次郎がどこへ行ったのか訊くので、

「あっしらには、分からねえ。出ていったのを見ただけだ」

と、孫六は言い張った。

ちょうど、そこへ茂次がもどって来て大声で騒ぎたてると、島次郎が、喬之助の居所が知れるまで何度でも長屋に来る、と言い残し、三人は走り去ったという。

「そうか。孫六も、しばらく横になって休め」

源九郎が穏やかな声で言った。

孫六は気が昂《たかぶ》っていた。それに、三太郎も興奮しているらしく、何度も首をもたげて口を挟もうとした。いまは、ふたりとも安静にして出血をとめることが大事だと思ったのである。

そのとき、戸口で慌ただしい足音がし、茂次が東庵を連れて入ってきた。東庵は流行医者ではなかったが、源九郎をはじめ長屋の連中は東庵の腕を信じていた。

東庵は、ふたりが棒と刀の峰でたたかれたことを訊くと、まず三太郎の身を起こし、頭に巻かれた晒を解いて傷口を見た。

頭上から額にかけて、ザックリと割れていた。肉が裂け、その間から血が溢れ出ている。

東庵は酒を持ってこさせて傷口を洗ってから、晒に金創膏《きんそうこう》をたっぷりと塗って傷口に当てた。そして、上から幾重にも晒を巻き付けると、三太郎を横にさせた。

「まァ、命にかかわるようなことはござるまい。しばらく、安静にして血をとめることですな」

東庵が静かな声で言うと、息をつめて治療を見守っていたおせつが、よかった、と声を洩《も》らした。すると、他の女たちの間からも安堵の声が上がり、こわばっていた顔がいくぶんやわらいだ。

東庵は、さらに三太郎の腕の治療をした後、孫六の傷を見た。孫六は棒で殴られたらしく、腫れはひどかったが、出血はすくなく、すでに血はとまっていた。

東庵は割れた傷口にだけ金創膏をあてがって晒を巻いた。

「十日ほど、歩きまわらぬことですな」

東庵は小桶の水で手を洗いながら、孫六にそう言った。

三

その夜、源九郎、向田、菅井、茂次の四人が、源九郎の部屋に集まった。喬之助は向田の部屋にもどっていた。

「このままではすむまいな」

源九郎が口火を切った。

「孫六と三太郎だから口を割らなかったが、他の者なら喬之助の居場所を話していたぞ」

菅井が、長屋の者たちの口をふさいでおくことはできぬ、と言い添えた。

「長屋の者に迷惑をかけることはできぬ。いい隠れ家が、あるといいんだが」

向田は苦渋の顔で言った。

次に口をひらく者がいなかった。しばらく、四人は虚空を見つめたまま黙考していたが、

「このままで、いいのではないかな」

と、源九郎が顔を上げて言った。

「喬之助どのが長屋にいることが知れても、きゃつらはこの前のように長屋を襲ったりはせぬ。同じ轍《てつ》は踏まぬはずだよ」

「華町は、敵がどう出ると読む」

向田が訊いた。

「中畝たちは、まずわれらの戦力を削ごうとするはずだよ」

「どういうことだ」

菅井が訊いた。

「長屋でわしらと中畝たちが対峙したとき、きゃつらは戦力は互角と見て、あの場を引いた。あのとき、菅井が駆け付けなければ、退却しなかったはずだ」

「そうかもしれぬ」

向田がちいさくうなずいた。

「わしが中畝だったら、まず、ひとりずつ襲って斃《たお》し、長屋の戦力を落としてから踏み込むな」

源九郎は、名を口にしなかったが、菅井、向田、源九郎の三人を狙ってくるのではないかとみていた。

「用心せねばならぬのは、わしらということか」

　向田が言った。

　すると、源九郎と向田のやり取りを聞いていた菅井が、

「やつらに、好き勝手にやらせる手はないぞ」

　と、苛立《いらだ》ったような口吻《こうふん》で言った。行灯《あんどん》の灯《ひ》を横から受けて、頬が抉《えぐ》れたように暗い影を刻んでいた。目ばかりが異様にひかり、そうでなくても陰気な顔が、死神でも思わせるように不気味である。

「おれたちが、攻勢に出ればいいんだ」

　菅井が言い添えた。

「あっしも、そう思いやすぜ。とっつァんたちのお蔭で、やつらの塒も分かったんだ。こっちから、やつらに仕掛けて始末しちまえばいいんだ」

　茂次が身を乗り出すようにして言った。

　茂次の言うとおりだった。すでに、源九郎たちは中畝、木谷、佐々木の住居《すまい》をつかんでいた。島次郎の塒ははっきりしないが、北本所のやなぎ屋の女将のお島が情婦《いろ》らしいことが分かっていた。中畝たちも、やなぎ屋に顔を出すらしい。仕掛ける気なら、いつでもその機会はつかめるだろう。

「どうだ、向田」

源九郎が向田に顔をむけて訊いた。まず、向田の考えを聞こうと思ったのである。

「そうしてもらえればありがたい。喬之助さまの命を守るだけでなく玄仙の護衛がすくなくなれば、始末がつけやすくなるからな」

「よし、まず、中畝、木谷、佐々木の三人を始末しよう」

源九郎が低い声で言った。源九郎の顔が豹変していた。いつもの茫洋《ぼうよう》とした表情が拭い取ったように消え、双眸《そうぼう》が強いひかりを宿している。剣客らしい凄みのある面《おも》貌《て》である。

それから、四人は中畝たち三人を襲って討ち取る策をたてた。まず、木谷に狙いを定め、茂次が塒を見張り、機会を見て源九郎と菅井で討ち取ることにした。

だが、先に動いたのは中畝たちだった。

源九郎の部屋に四人が集まった翌日、源九郎はまず木谷の住処《すみか》を見ておこうと茂次とふたりで長屋を出た。

四ッ（午前十時）ごろだった。源九郎と茂次が路地木戸を出て竪川沿いの道へむかって一町ほど歩いたとき、下駄屋の陰から町人体の男が路地へ出て、ふたりの跡を尾《つ》け始めた。島次郎である。島次郎は、身装《みなり》を変えていた。風呂敷包みを背負い、手甲脚半《てっこうきゃはん》姿で菅笠をかぶっていた。行商人といった格好である。

源九郎と茂次が背後を振り返っても島次郎と気付かなかっただろう。島次郎は通りを行き来する通行人にまぎれたり、物陰に身を隠したりしながら巧みに源九郎たちの跡を尾けていく。

源九郎と茂次は、まず孫六から話を聞いていた樽政を目当てに神田川沿いの道を歩き、樽政から孫六に教えられた道筋をたどって、清兵衛店をつきとめた。

「あっしが、覗いてきやす。旦那は、待っていてくだせえ」

茂次は源九郎を路傍に残して、長屋に入った。木谷がいるかどうか見てくるというのである。

いっときすると、茂次がもどってきた。

「いませんぜ」

茂次によると、木谷の部屋にはだれもいなかったという。

「樽政に寄ってみるか」

九ツ（正午）を過ぎていた。樽政にめしを食いにいったとも考えられる。

ふたりは来た道を引き返し、樽政の前まで来ると、また茂次が店のなかを覗きにいった。店のなかで、木谷と鉢合わせするわけにはいかなかったのである。

だが、樽政にも木谷はいなかった。

「めしでも食って帰るか」

源九郎たちも腹が空いていたので、樽政に立ち寄った。

半刻(一時間)ほどして、源九郎たちは店を出た。まだ、八ツ半(午後三時)ごろのはずだが、神田川沿いの道は人影がまばらで、日暮れ時のように薄暗かった。雪でも降り出しそうな寒い曇天のせいであろう。神田川の岸辺の枯れ芒《すすき》や葦《あし》が、物悲しい音をたてて寒風になびいていた。

四

「旦那、後ろから尾けてきやすぜ」

茂次が源九郎に身を寄せて言った。

「そのようだな」

源九郎も気付いていた。樽政を出てしばらく歩いたとき、背後を歩いてくる行商人ふうの男に気付いたのだ。身装は行商人ふうだが、すこし前屈みで歩く姿に獲物を追う獣のような雰囲気があった。それに、源九郎たちと同じ間隔を保ったままついてくるのだ。尾行者とみていい。

「旦那、もうひとりいやすぜ」

茂次が背後を振り返って言った。

「木谷だ！」

深編み笠をかぶっていたが、そのずんぐりした体軀《たいく》に見覚えがあった。それに牢人体である。

「前にもいやがる」

茂次が昂った声を上げた。

見ると、前方の川岸に武士体の男が立っていた。遠方だが、羽織袴で二刀を帯びていることが見てとれた。やはり、深編み笠をかぶっている。武士は源九郎たちに気付いたのか、足早にこちらへ向かってきた。

「中畝だな」

痩身だった。その体軀から、中畝であることが分かった。

……狙われたのは、こっちのようだ。

中畝たちは源九郎の跡を尾け、この場で挟み撃ちにするために待ち伏せていたのである。

背後のふたりが、小走りになった。前方の中畝も足を速め、見る間に迫ってくる。

「旦那、どうしやす」

茂次が顔をこわばらせた。

「この場は逃げるしかない」

木谷と中畝は手練《てだれ》である。源九郎といえども、ふたりに前後から切っ先をむけられたら太刀打ちできない。

「茂次、つっ走れ！」

浅草御門の前まで逃げれば、何とかなると踏んだ。千住街道は、まだ大勢の人人が行き交っているはずである。まさか、人通りの多いなかで、刀を振りまわすわけにはいくまい。

「だ、旦那は」

「わしも、逃げる」

源九郎はすばやく袴の股だちを取り、前へ駆けだした。遅れじと、茂次も走りだす。

「逃げやがった！」

背後で、島次郎が叫んだ。

振り返ると、島次郎と木谷も走りだしていた。

何人か通行人がいたが、異変を察知したらしく、慌てた様子で路傍へ逃れた。

そのとき、前方の中畝が足をとめた。道のなかほどに立ち、かぶっていた深編み笠を取って路傍に捨てた。寒風に煽《あお》られ、編み笠が路傍から川の土手へ転がり落ちていく。

中畝は黒い面垂《おもだ》れを付けていた。不気味な姿である。左手を鍔元に下げ、右手をだらりと下げて立っている。鼻から下は隠れていたが、面長であることは分かった。蛇を思わせるように細い目をしている。その身辺に、陰湿で酷薄な雰囲気がただよっていた。

源九郎は中畝に迫った。走りざま左手で刀の鯉口を切り、右手で柄を握った。背後から来る木谷に追いつかれる前に突破したかった。そのためには、中畝と抜き合わせている間はない。

中畝が抜刀した。ゆっくりとした動作で青眼に構えた。前方から走り寄る源九郎を見ても、動じる気配はなかった。

腰の据わったどっしりとした構えである。剣尖《けんせん》が走りよる源九郎の目線にピタリとつけられている。

走りざま、源九郎は抜いた。構えは八相である。茂次は源九郎の左手を走っていた。中畝の眼中に茂次はないようだった。狙いは源九郎だけらしい。茂次は逃れられるだろう。

源九郎は一気に中畝との間をつめた。中畝の構えに気魄《きはく》がこもり、剣尖にはそのまま突いてくるような威圧があった。

タアッ！

鋭い気合を発しざま、源九郎が袈裟《けさ》に斬り込んだ。気攻めも牽制もない唐突の仕掛けだが、一撃必殺の気魄がこもっていた。

オオッ！

気合とも吼《ほ》え声ともつかぬ声を上げ、中畝が青眼から刀身を撥ね上げた。一瞬の太刀捌《さば》きである。

キーン、という甲高い金属音とともに青火が散り、ふたりの刀身が上下に撥ね返った。

次の瞬間、ふたりは体を交差しながら二の太刀をふるった。

源九郎が刀身を返しざま肩口へ。

中畝は胴を払う。

源九郎の切っ先は中畝の肩先をかすめて空を切り、中畝のそれは源九郎の着物を裂いた。

中畝は三間ほど前に走り、反転した。一方、源九郎は足をとめなかった。そのまま前に疾走した。

「に、逃げるか！」

中畝が驚いたように声を上げた。

だが、すぐに源九郎の後を追った。

島次郎と木谷も中畝といっしょになり、三人して源九郎たちを追ってくる。

「旦那、速く」

茂次が後ろを振り返りながら声を上げた。

茂次は足が速いが、老体の源九郎は思うように走れない。すぐに、心ノ臓が喘《あえ》ぎ始め、足がもつれてきた。

背後からの三人の方が速かった。見る間に、源九郎との差がちぢまってくる。

「ちくしょう！」

茂次が足をとめ、地面に転がっていた石をつかんで、間をつめてきた中畝に投げつけた。

中畝は慌てて足をとめ、飛んできた石をかわした。

茂次はさらに足元の石を拾い、木谷にも投げつけてから走り出した。

源九郎と中畝たちとの間がすこしひらいた。源九郎は顎を突き出し、ゼイゼイと荒い息を吐きながら走った。

「旦那、もうすこしだ」

茂次が走りながら声をかけた。

前方に人通りの多い千住街道が迫ってきた。雑踏の音も聞こえてくる。

さらに、源九郎が半町ほど走ったとき、背後から追ってくる足音が聞こえなくなった。千住街道は目の前である。源九郎が足をゆるめて振り返ると、中畝たち三人が路傍に立って、こちらに目をむけていた。追うのを諦《あきら》めたらしい。

……た、助かったようだ。

源九郎は足をとめた。喉がひりつくように渇き、心ノ臓がふいごのように喘いでいる。

「だ、旦那、やつら帰《けえ》っていきやすぜ」

茂次も肩で息をしながら言った。

「と、歳だ！　走るのは、こたえる」

源九郎が喘ぎながら言った。

それでも、いっとき経つと、しだいに心ノ臓が収まってきた。源九郎は、千住街道の方へゆっくりと歩きだした。

五

「旦那、木谷はいませんぜ」

茂次が源九郎に走り寄るなり言った。

「いないか」

そう言って、源九郎が脇にいた菅井に顔をむけた。

菅井は憮然《ぶぜん》とした顔で、逃げおったか、とつぶやき、口をひき結んだ。

源九郎と茂次が、中蔵たちに待ち伏せされた三日後だった。この日、源九郎、菅井、茂次の三人で、木谷を討つために平右衛門町へ出かけてきたのだ。

三人が樽政の近くまで来たとき、

「あっしが、長屋を見てきやす」

と、茂次が言い残して、木谷の所在を確かめに行ったのだ。

「行方をくらましたかもしれんな」

木谷は、自分の塒が源九郎たちにつかまれたことを察知したはずである。襲撃を恐れて身を隠したことは、十分考えられる。

「どうしやす」

茂次が訊いた。

「木谷から討たねばならぬということはないのだ。中畝や佐々木からでもかまわぬ」

源九郎たちは、中畝と佐々木の居所もつかんでいたのだ。

「中畝をやりますかい」

孫六から、中畝は平永町の借家に住んでいると聞いていた。

「それより、やなぎ屋を見張ったらどうかな」

源九郎は、平永町の借家を探すより、やなぎ屋を見張り、あらわれた敵を襲って斃した方が確実のような気がした。それに、行方をくらましたと思われる木谷があらわれる可能性もあったのだ。

「やなぎ屋なら、あっしが案内しやすぜ」

茂次が勢い込んで言った。

「よし、やなぎ屋へ行こう」

菅井も承知した。

三人は、いったんはぐれ長屋にもどってから出直すことにした。やなぎ屋のある本所北本所は両国橋を渡って行くので、はぐれ長屋の近くを通るのである。

三人が北本所へ着いたのは、七ツ（午後四時）過ぎだった。大川端から細い路地へ入るとすぐ、茂次が、

「あれが、やなぎ屋ですぜ」

と、斜向《はす》かいの小料理屋を指差した。

掛行灯にやなぎ屋と記してある。店はひらいているらしく、暖簾《のれん》が出ていた。

「ここに立っているわけにはいかぬな」

源九郎が路地の左右に目をやると、

「店を見張るならいい場所がありやすぜ」

茂次が言って、源九郎と菅井を半町ほど先の稲荷《いなり》へ連れていった。ちいさな稲荷で、朽《く》ちかけた祠《ほこら》を取り囲むように樫が数本枝葉を茂らせていた。

その祠の陰へまわると、茂次が、

「あっしは、この陰からやなぎ屋を見張ったんでさァ」

そう言って、樫の葉叢《はむら》の間を指差した。

なるほど、葉叢の間からやなぎ屋の店先が見える。それに、枝葉を茂らせた樫の陰になって、通りから源九郎たちを見ることができない。やなぎ屋を見張るには、いい場所である。

「三人で、見張ることもないな。交替せぬか」

菅井が言った。

もっともである。三人で祠の陰の狭い場所に屈み込んで、店先を見張っていることもないのだ。

「この路地の先に、そば屋がありやす。旦那たちふたりで、一杯やっててくだせえ。陽が沈むまで、あっしが見張りやしょう」

「茂次に頼むか」

源九郎が言うと、菅井もうなずいた。見張り役は、茂次の方が確かである。

繁之屋《しげのや》というそば屋だった。流行っている店らしく、板敷きの間は客であらかた埋まっていた。源九郎と菅井は、なんとか隅に腰を下ろすと、酒とそばを注文した。酔うほどは飲めないが、陽が沈むまでの間、猪口《ちょく》をかたむけながらねばることにしたのである。

ところが、腰を落ち着けて酒を飲む間はなかった。小女が頼んだ酒と肴《さかな》を運んでるとすぐ、茂次が慌てた様子で店に入ってきたのだ。

「旦那、来やしたぜ」

茂次が源九郎に身を寄せて言った。

「だれが来た」

「それがふたりでしてね。島次郎と木谷らしいんで」

島次郎は分かったが、木谷は遠方で顔がはっきり見えなかったという。ただ、牢人体でずんぐりした体軀なので、木谷に間違いないだろうという。

「よし、店から出たところで仕掛けよう」

源九郎が立ち上がろうとすると、

「待て、酒がとどいたばかりだ。小料理屋に入ったのなら、すぐには出てこないだろう。一杯やる暇はある」

菅井がそう言って、銚子を取った。

「あっしが、もうすこし見張っていやしょう。旦那方は、一杯やってから来てくだせえ」

茂次はそう言い残して、慌ただしく店から出ていった。

源九郎と菅井はとどいた銚子の酒だけ飲むと、腰を上げた。いくらなんでも、茂次だけに任せておくわけにはいかなかったのである。

店の外の路地は淡い夜陰につつまれていた。縄暖簾を出した飲み屋、そば屋、小料理屋などが多い路地で、提灯《ちょうちん》の灯や店の明りが路傍に落ちていた。ぽつぽつと人影がある。店先で酌婦らしい女が客の袖を引いたり、酔客が店先を覗いたりしていた。淫靡《いんび》な横町である。

茂次は稲荷の祠の陰にいた。

「どうだ、出て来たか」

源九郎が訊いた。

「まだで」

茂次によると、島次郎も木谷も店から出て来ないという。

六

半刻（一時間）ほど過ぎた。風のない静かな夜だった。上空で十六夜の月が皓《こう》皓《こう》とかがやいている。

「まだ、来ぬか」

菅井が苛立ったような声を上げた。

源九郎たちは稲荷の祠の陰に屈み、葉叢の間からやなぎ屋の店先に目をやっていたが、木谷と島次郎は、なかなか姿をあらわさなかった。

そのとき、茂次が腰を浮かせ、

「だれか出て来やしたぜ」

と、声を上げた。

見ると、格子戸があいて、店先に人影があらわれた。三人。島次郎と木谷、それに女将らしい年増《としま》だった。島次郎は下駄履きで前だれをかけていた。板場にでもいたらしい。どうやら、島次郎と女将が木谷を見送りに出てきたらしい。

「この路地では仕掛けられぬな」

人通りがあった。それに、刀を振りまわすには、狭すぎる。

「大川端で待ち伏せるか」

菅井が言った。

「菅井、茂次とふたりで先に大川端へ行ってくれ。わしは、木谷の跡を尾ける」

「挟み撃ちか」

「そうだ」

中畝たちが、源九郎に仕掛けたのと同じ手を遣おうというのである。

「おもしろい。茂次、行くぞ」

菅井と茂次は、すぐに稲荷から路地へ出た。脇道をたどって、先に大川端へ行くのである。

木谷は島次郎となにやら言葉を交わしていたが、やがて店先から離れると大川の方へむかって歩き出した。

源九郎は路地へ出て、木谷の跡を尾け始めた。尾行は楽だった。店先の提灯や店から洩れてくる明りに気を配れば、夜陰が源九郎の姿を隠してくれたのだ。木谷は源九郎の尾行には気付かないらしく、背後を振り返って見るでもなく、足早に大川端へむかっていく。

源九郎は木谷が大川端へ出るのを目にすると、走り出した。間をつめようと思ったのである。

源九郎が大川端に走り出ると、十間ほど先に木谷の姿があった。木谷は背後の足音を耳にしたらしく、振り返った。

そのとき、木谷の顔が月光に浮かび上がった。驚いたような顔をして、何か口にしたらしかったが、源九郎の耳にはとどかなかった。

突如、木谷が駆けだした。この場は逃げようと思ったらしい。

源九郎は足早に後を追った。木谷との間がひらいたが、慌てなかった。近くに菅井と茂次がひそんでいるはずである。

ふいに、木谷の足がとまった。前方の路傍に人影があった。菅井と茂次である。

表店の軒下闇から通りへ出て、木谷の行く手をふさいだようだ。

源九郎は木谷との間をつめた。菅井と茂次も、木谷に迫ってくる。

「おのれ！　はぐれ長屋の者どもめ」

木谷が甲走った声で叫んだ。丸顔で、眉《まゆ》の細い男だった。その目が、興奮と恐怖でつり上がっている。木谷は平静さを失っていた。

「木谷、覚悟はいいな」

そう言って、源九郎が木谷の前へ出ようとすると、菅井が制した。

「ここは、おれにやらせてくれ」

菅井が木谷を見すえて言った。

「よかろう」

源九郎は身を引いた。木谷も遣い手だが、気の昂りで身が硬くなっている。菅井が後れをとるようなことはなさそうである。

菅井と木谷は、およそ三間の間合をとって対峙した。

菅井は右手を刀の柄に添え、居合腰に沈めていた。対する木谷も、柄を握って抜刀体勢を取っている。

「おれは、居合だ。うぬより迅《はや》い。先に抜け」

菅井が低い声で言った。

と、木谷が抜刀した。居合に対し、抜かずに斬り合うのは不利と踏んだのであろう。

木谷はすばやく青眼に構え、剣尖を菅井の目線につけた。隙のない構えだが、かすかに切っ先が震えている。気の昂りが、腕を震わせているのである。

菅井は抜刀体勢を取ったままジリジリと間合をつめ始めた。抜きつけの一刀をふるえる間まで、つめようとしたのだ。

イヤアッ!

いきなり、木谷が腹から絞り出すような気合を発した。気当《きあ》てである。気合で菅井を竦《すく》ませると同時に、己の気の昂りを鎮《しず》めようとしたのだ。

だが、菅井はまったく動じなかった。表情も変えず、足裏を擦りながらすこしずつ間をつめていく。

菅井は息をつめていた。胸も肩先も動かず、身構えのくずれはまったくなかった。呼吸により、構えがくずれ、抜刀時の瞬発力が欠けるのを防いでいるのである。

対する木谷は、呼吸で肩先がかすかに上下していた。菅井の気魄に押され、呼吸を乱されているのだ。

ふいに、菅井が寄り身をとめた。抜刀の間境へ踏み込んだのである。

まだ、菅井は息をつめていた。いや、息はしていたが、まったく息をしていることを感じさせないだけなのだ。

木谷は全身に気勢をみなぎらせて斬撃の気配を見せていたが、なかなか踏み込めない。菅井の気魄に押されているのである。

ふたりの動きがとまった。痺《しび》れるような剣気と静寂がふたりをつつんでいる。

数瞬が過ぎた。

フッ、と木谷が息を吐いた。

刹那、菅井の全身から剣気が疾《はし》った。

ヤアッ！

劈《つんざ》くような気合と同時に、菅井の腰元から閃光《せんこう》が疾った。

一瞬、遅れて、木谷が鋭い気合を発し、青眼から真っ向へ斬り込んだ。

ふたりの眼前で刃風がおこった。

次の瞬間、ふたりは体を交差させ、間合を取った。

グワッ、と呻《うめ》き声が洩れ、木谷が身をのけ反らせた。と、木谷の首筋から血《ち》飛沫《しぶき》が噴き上がった。菅井の抜きつけの一刀が、木谷の首筋の血管《ちくだ》を斬ったのである。

一方、菅井の着物の肩先が裂けていた。わずかに血の色があったが、かすり傷である。

一瞬一合の勝負だった。

菅井は反転すると、切っ先を木谷にむけて残心《ざんしん》を示し、静かに息を吐いた。夜《や》叉《しゃ》のような顔から凄みが消え、いつもの菅井の面貌《おもて》にもどってくる。

木谷は血を撒《ま》きながらよろめいたが、足をとめると、腰からくずれるように転倒した。木谷はつっ伏したまいっとき四肢を痙攣《けいれん》させていたが、すぐに動かなくなった。首筋から血の滴り落ちる音だけがかすかに聞こえてきた。

「菅井の旦那！」

茂次が走り寄った。すぐに、源九郎も歩を寄せてきた。

「木谷も、なかなかの遣い手だったな」

源九郎が声をかけると、菅井は顎についた返り血を左手でこすりながら、

「ぬかったわ。これを着て、広小路に立てぬぞ」

そう言って、裂けた着物に目をやった。

七

菅井が木谷を斬った三日後だった。

源九郎がめずらしくめしを炊き、夕めしを食っていると、向田が顔色を変えて飛び込んできた。

「どうした」

源九郎は箸を置いて立ち上がった。

「襲われたのだ」

「喬之助か」

この日、喬之助は朝から向田の部屋に帰っていた。このごろは、向田の部屋にいるときが多かったのである。

「いや、欽次郎と横川だ」

「ともかく行ってみよう」

すぐに、源九郎は土間へ下りた。

外は淡い夜陰につつまれていた。長屋の戸口からは明りが洩れ、亭主のがなり声や子供を叱る女房の甲高い声などが喧《やかま》しく聞こえていた。夕餉《ゆうげ》を終えて、一家が狭い部屋で顔を突き合わせている時である。

向田の部屋には、欽次郎と喬之助がいた。欽次郎の元結が切れ、ざんばら髪で頬に血の色があった。肩口にも斬撃を受けたらしく、着物が裂け肌が血に染まっている。

喬之助が蒼ざめた顔で欽次郎の傷の手当をしていた。手当といっても、傷口に晒を巻きつけているだけである。

「は、華町どの、面目ない。このざまです」

欽次郎が声を震わせて言った。興奮しているらしく顔がこわばり、目がつり上がっている。

「深手ではないようだ」

源九郎は、すばやく欽次郎の傷を見た。深手なら、東庵を呼ばねばならないと思ったのである。

「落ち着け、欽次郎。たいした傷ではない」

向田がたしなめるように言った。向田は欽次郎が浅手なのを見て、手当を喬之助にまかせ、源九郎の許へ知らせに来たのであろう。

そのとき、腰高障子があいて、菅井と茂次が飛び込んできた。さらに、いっときおいて、孫六まで顔を出した。長屋の噂を聞きつけて、駆けつけたらしい。

「ヘッヘヘ……。孫の顔を見てるのも、飽きちまいやしてね」

孫六が照れたような顔をして言った。

傷はだいぶいいようである。顔に巻いた晒は残っていたが、血の色はない。頬の痣も薄くなり、腫れも引いていた。痛みはないようである。

「それで、横川どのは」

源九郎が訊いた。

「き、斬られました。頭を割られて……」

欽次郎は悲痛に顔をゆがめ、言葉につまった。

横川は斬殺されたらしい。欽次郎は歯を食いしばって、体を激しく顫《ふる》わせていた。

仲間を失った無念、屈辱、悔恨……、そうした感情が胸に衝《つ》き上げてきたのであろう。

源九郎はいっとき間を置き、欽次郎の感情がいくぶん鎮まったのを見てから、

「それで、相手は？」

と、訊いた。

「佐々木たち四人に、襲われました」

そう言って、欽次郎が話しだした。

今日、欽次郎は神田松永町にある横川家に出かけたという。それというのも、清水家の当主が忠四郎だったころ、向田たちと同じように清水家に奉公していた若党の栗田《くりた》と村山《むらやま》が、喬之助に奉公したいと言って横川に連絡してきたためである。そこで、これからのことを相談するために、向田の指示で欽次郎が横川家へ出向いたのだ。

栗田と村山は、向田が喬之助とともに清水家を出たことは承知していたが、喬之助に清水家を継がせるために、八十郎と争っていることまでは知らなかったという。半月ほど前、路上で偶然横川と顔を合わせ事情を聞き、喬之助が清水家を継ぐのが筋であり、その実現のために自分たちも尽力したい、と強く思ったそうである。

欽次郎は、栗田と村山を交えて四人で今後のことを相談してから、横川家を出

た。そのさい、横川は喬之助さまに直に栗田たちのことを話したいと言って、欽次郎とともにはぐれ長屋へ向かったという。

「横川家を出たのは、暮れ六ッ（午後六時）前でした。横川どのとふたりで、神田川沿いの通りへ出たのです」

ふたりが神田川にかかる和泉橋のそばまで来たとき、ふいに川岸の樹陰から人影が飛び出してきた。

四人。ひとりは町人で、三人が武士だった。ふたりずつ、欽次郎たちの前後へ走りだし、あっと言う間に取り囲んだ。町人は島次郎だった。三人の武士は、鼻から下を面垂れで隠していた。

「佐々木か！」

欽次郎が声を上げた。

顔は見えなかったが、その巨軀と、炯々《けいけい》とひかる双眸から佐々木と分かったのである。

「後のふたりは、菅谷と小野だ！」

横川が叫んだ。欽次郎はふたりに見覚えはなかったが、警護のために玄仙の屋敷にいる者たちらしい。

「木谷を斬ったのは、きさまらだな」

言いざま佐々木が抜刀し、切っ先を欽次郎にむけた。

すると、横川が欽次郎の前に立ちふさがり、

「欽次郎どの、逃げろ！」

と叫んで、佐々木に刀をむけた。

「ふたりとも、逃がしはせぬ」

佐々木は八相に構えると、一気に間をつめてきた。刀身を高く上げた大きな構えである。巨岩で押してくるような迫力があった。

欽次郎は身がすくんだ。横川の脇から小柄な武士に切っ先をむけていたが、腕が震えている。恐怖と興奮である。

そのとき、佐々木が裂帛《れっぱく》の気合を発して横川に斬り込んできた。咄嗟に、横川が受けたが剛剣に押されて腰がくだけた。

「逃げろ！　欽次郎どの」

横川は佐々木との鍔《つば》迫《ぜ》り合いに必死で堪えながら叫んだ。

その声に、欽次郎は弾かれたように小柄な武士へ斬り込んだ。

真っ向へ。捨て身の斬撃だった。そのがむしゃらな一撃に、小柄な武士が気圧《けお》

されて身を引いた。

そのとき、横川が身をのけ反らせ、その頭部から血が飛び散るのが見えた。佐々木の斬撃を頭に浴びたのである。

その様子を目の端にとらえた欽次郎は、横川は助からないと察知した。

欽次郎は夢中だった。小柄な武士が身を引いて前があいたのを見て、いきなり突進した。頭のどこかで、逃げるしか助かる道はないと思ったのである。

と、脇からいきなり斬撃を浴びせられた。もうひとり、中背の武士が逃げる欽次郎に斬りつけたのだ。

肩先に疼痛《とうつう》がはしった。だが、欽次郎は足をとめなかった。すると、小柄な武士が前方にまわり込み、斬り込んできた。斜前から欽次郎の頭へ。腕を前に突き出すような斬撃だった。

咄嗟に、欽次郎は振り返りざま刀身を撥ね上げた。敵の斬撃をはじこうとしたのだが、切っ先が小柄な男の二の腕を裂いた。

小柄な男は、絶叫を上げてよろめいた。

欽次郎は走った。元結が切れ、ざんばら髪になっていた。頬から血が滴り落ちている。欽次郎が振り返ったとき、小柄な男の切っ先に頬を斬られたらしい。元結は敵の刀身が撥ね返ったとき切れたのであろうか。

中背の武士と島次郎が追ってきたが、足は欽次郎の方が速かった。しだいに間があき、和泉橋のたもとを過ぎてから一町ほど走ると、背後からの足音は聞こえなくなった。

……助かった。

と、欽次郎は思ったが、安堵《あんど》の気持はなかった。斬られた横川をそのままにして逃げてきたのである。かといって、佐々木たちのいる場所へはもどれなかった。欽次郎は見るも無残な姿のまま、重い足を引きずるようにしてはぐれ長屋へ帰ってきた。

話し終えた欽次郎は悲痛に顔をしかめ、衝き上げてくる嗚咽《おえつ》に耐えていた。

「笹沢につづいて、横川もか」

向田が無念そうに言った。

「討たれた木谷の報復かもしれぬな」

源九郎は、このままではすまないような気がした。中畝たちは源九郎たちだけでなく、向田に与《くみ》する者を情け容赦なく襲うのではあるまいか。

源九郎がそのことを言うと、

「早く手を打たねばな」

向田は苦渋の顔でつぶやいた。

「菅谷と小野という男は？」

ふたりのやり取りを聞いていた菅井が、向田に訊いた。源九郎は向田からふたりのことを聞いていたが、菅井はまだ知らなかったのである。

「小柄な男が菅谷仙九郎、中背の男が小野甚太郎でな、佐々木と共に玄仙の屋敷におるようだ」

「そいつらも、討たねばならぬな」

菅井が目をひからせて言った。

「いずれにしろ、中畝たちに襲われる前に、こちらから仕掛けようではないか」

源九郎が腹を決めたように重いひびきのある声で言った。

第五章　旧　悪

一

樫《かし》の葉叢《はむら》の間から、やなぎ屋の店先が見えた。戸口から淡い灯《ひ》が洩《も》れている。源九郎と菅井は稲荷《いなり》の祠《ほこら》の陰にいた。木谷を討ち取ったとき、身をひそめていた稲荷である。すでに、この場に来て一刻（二時間）以上経つ。

菅井が屈んでいた背を伸ばして欠伸《あくび》をした。うんざりしたような顔である。源九郎、菅井、茂次の三人は、やなぎ屋に顔を出すであろう島次郎、中畝、佐々木を待ち伏せて討つつもりで、ここに来てやなぎ屋を見張っていたのである。ところが、島次郎も中畝たちも、いっこうに姿を見せなかった。

小半刻（三十分）ほど前、茂次が、

「あっしが、店の様子を訊《き》いて来やしょう」

と言い残して、やなぎ屋にむかったが、その茂次もなかなか帰ってこなかった。

茂次は店のなかへ入って話を聞けなかったので、出てきた客をつかまえてなかの様子を聞き出すつもりらしい。

「おい、客が出てきたぞ」

源九郎が言った。

店先から職人ふうの男がふたり出てきた。だいぶ酔っているらしく、遠方からでも足元がふらついているのが分かる。

ふたりが店先の明りのなかから路傍の暗がりへ入ったとき、人影がふたりに近寄った。はっきり見えなかったが、茂次であろう。

まったく声は聞こえなかったが、茂次がふたりの歩調に合わせて歩きながら、何か訊いていることは分かった。大川端の方へ歩いていく三人の姿が、路地を照らす店の明りにぼんやりと浮かび上がっている。

それからいっときして、茂次が稲荷へもどってきた。

「旦那、島次郎は来てませんぜ」

茂次が、源九郎と菅井に目をむけながら言った。

「そうか。……中畝も佐々木も、いないだろうな」

源九郎は念のために訊いてみた。

「へい、店から出ていったふたりの他に船頭がふたり、飲んでるだけだそうで。それに、いまのふたりは昨夜もやなぎ屋に来たらしいが、やっぱり島次郎はいなかったそうですぜ」

「うむ……。島次郎も姿を消したか」

島次郎たちは、木谷がやなぎ屋からの帰りに斬られたことを知り、警戒してやなぎ屋に寄り付かないのであろう。

源九郎がそのことを話すと、

「おれもそう思う。となると、こんなところに隠れていても、どうにもならんわけだ」

菅井は憮然《ぶぜん》とした顔をして、長屋にもどろう、と言い出した。

「そうしよう」

源九郎も、今夜のところは長屋に引き上げるしかないと思った。

翌朝、源九郎は孫六の家へ行った。中畝の住む借家がどこにあるのか詳しく訊くつもりだったのだ。源九郎はやなぎ屋がだめなら、借家を見張って中畝を討ち取ろうと思ったのである。ただ、その前に中畝がいまも借家にいるかどうか確かめねばならない。

「確かめるだけなら、何も旦那が出かけることはねえ。あっしと茂次とで行ってきやすよ」

孫六は額の傷口を指先で撫《な》でながら言った。

晒《さらし》はとれていた。まだ傷痕は残っていたが、傷口はふさがっている。頬の痣《あざ》もそう思ってみなければ、分からないほどになっていた。

「傷は痛まぬのか」

「ヘッヘヘ……。もう、痛くも痒くもねえ。それに、家にばっかりくすぶってると、足腰が萎《な》えちまいやすからね」

孫六が照れたように笑いながら言った。

「では、頼もうか」

「へい、陽が沈む前に帰ってきやす」

そう言い残すと、孫六は足早に茂次の家へむかった。

源九郎は孫六の家を出た足で、向田の許へ立ち寄った。向田と話したいことがあったし、その後の欽次郎の傷の具合も見たかったのである。

部屋には、向田、欽次郎、喬之助の三人がいた。欽次郎の傷はだいぶよくなっていた。出血もとまったようだし、それほどの痛みもないようだった。ただ、顔色は冴えなかった。自分だけ助かって横川が落命したことが、欽次郎の心を重くしているようである。

「佐々木を討って、横川の敵を討ってやるのだな」

源九郎がそう言うと、

「そうします」

欽次郎は虚空を睨《にら》むように見すえて言った。

「向田、いざというとき、栗田と村山は使えるのか」

源九郎が声をあらためて訊いた。

源九郎は、ひとりひとり敵を斃《たお》す余裕はないような気がしていた。場合によっては、玄仙の屋敷を襲い、警護の者たちと一戦交えねばならないかもしれない。

そのとき、刀を遣えるのが源九郎、菅井、向田の三人だけでは、敵を斃すどころか返り討ちに遭《あ》う恐れがあった。ここに来て、横川を斬殺され、欽次郎も十分に戦うことができなくなってしまったのである。

「そこその腕だ。わしらとともに、八十郎たちと戦ってくれよう」

向田が低い声で言った。

「そうか」

源九郎は、ちかいうちに栗田と村山の手を借りねばならなくなるだろうと思った。

その日の七ツ（午後四時）ごろ、孫六と茂次がもどってきた。源九郎の部屋に姿を見せたふたりには、疲労の色があった。一日中歩きまわったにちがいない。

「旦那、中畝はいなくなっちまいやしたぜ」

孫六が渋い顔で言った。

「借家にいないのか」

「へい、茂次とふたりで近所をまわって訊いてみやしたが、ここ四、五日、姿を見た者がいねえんで」

孫六がそう言うと、茂次が、

「やろう、あっしらに塒《ねぐら》をつかまれたと感付いて、姿を消しちまったにちげえねえ」

と、言い添えた。

「そのようだな」

源九郎も、そんなことではないかと思っていた。中畝と島次郎が姿を消したとなると、所在が分かっているのは佐々木だけになる。

「旦那、帰りしなにとっつァんと話したんですがね。やなぎ屋のお島を締め上げたらどうですかね。お島は島次郎の情婦《いろ》だ。きっと、塒を知ってやすぜ」

茂次が声を強くして言った。

「女を責めるのは、性に合わぬが……」

源九郎が渋っていると、

「まったく、旦那は女にあめえんだから。あっしと茂次で、やりやしょう」

孫六が目をひからせて言った。

「いや、わしも行こう」

源九郎が言った。お島の許に、中畝か佐々木がいるかもしれない。そのときの用心のためもあるし、源九郎もお島に訊いてみたいと思ったのである。

二

「旦那、ここにいてくだせえよ」

孫六が念を押すように言った。

やなぎ屋の見える稲荷である。この日、源九郎は孫六と茂次について、この場に来たのである。

稲荷の祠の陰まで来ると、孫六が、あっしと茂次とで、お島をここに連れてきやすから、旦那は待っていてくだせえ、と言い出したのだ。

「頼んだぞ」

源九郎はふたりに任せることにした。

孫六と茂次は、何か話しながら細い路地をやなぎ屋へむかって歩いていく。その後ろ姿を午後の陽射しが照らしていた。春を思わせるような明るい陽射しである。

八ツ（午後二時）ごろであろうか。まだ、やなぎ屋には暖簾《のれん》が出ていなかったが、お島は店をあける用意をしているはずだった。客がいては、お島も店をあけづらいと思い、店あけの前にしたのである。

孫六と茂次はやなぎ屋の店先で足をとめた。

「茂次、おれがお島を呼び出してくるぜ。足の不自由な年寄りなら、お島も油断するだろうからな」

孫六が小声で言った。

「まかせたぜ、とっつァん」

歳は取っていたが、孫六は番場町の親分と呼ばれた腕利きの岡っ引きだった男である。こうしたことは、茂次より巧みであった。

「おめえは、お島の後から来てくんな。逃げ出しそうになったら、ふん捕まえてくれ」

「分かったぜ」

そう言うと、茂次は店の脇へ身を隠した。

孫六はことさら左足をひきずって戸口に近付き、格子戸をあけた。

土間の先が座敷になっていて、衝立《ついたて》で間仕切りがしてあった。客を上げる座敷らしい。土間の右手が板場になっているらしく、水を使う音が聞こえた。

「ごめんよ」

孫六が板場の方へ声をかけた。

すると、水を使う音がやみ、年増《としま》が顔を見せた。子持縞《こもちじま》の柄に黒襟のついた袷《あわせ》で、赤い片襷《かただすき》をかけていた。袖からむっちりした白い腕が覗いている。荒《すさ》んだ感じがするが、色白で豊艶《ほうえん》な女だった。

「まだ、店をあけてないんですけど」

女は訝《いぶか》しそうな目で孫六を見ながら言った。客にしては、妙な年寄りが来たと思ったのかもしれない。

「お島さんですかい」

孫六が目を細めて訊いた。

「そうだけど」

「あっしは、孫平《まごへい》と言いやす。島次郎さんに、世話になった者でしてね」

孫六は、念のため咄嗟《とっさ》に頭に浮かんだ偽名を使った。

「そうなの。それで、何の用なの」

お島の顔から訝しそうな表情が消えた。

「この先に、稲荷がありやすね」

「あるけど」

「そこで、島次郎さんが待ってやしてね。女将さんを呼んできてくれって、頼まれたんでさァ」

「何で、店に来ないのよ」

お島が不満そうな顔をした。

「あっしには分からねえが、島次郎さんは、この店を見張っているやつがいるらしいんで、迂闊《うかつ》に近付けねえんだと言ってやしたぜ」

孫六がもっともらしい顔をして言った。

「そうだったわ。……分かった、すぐ行く」

お島は片襷をはずすと、座敷へ放り投げた。

孫六はお島につづいて、店の外に出ると、

「女将さん、あっしは足が悪いもんでね。急がねえでくだせえよ」

そう言って、お島の気を引いて稲荷にむかった。

「慌てなくてもいいよ。稲荷は、すぐだから」

お島は、ゆっくりと歩いた。老いて足の不自由な孫六の姿を見て、警戒心を抱かなかったようだ。

店の脇に身を隠していた茂次は、ふたりの後について歩き出したが、お島は後ろなど見もしなかった。

「あのひと、どこにいるのよ」

稲荷の祠の前まで来たお島は、そこに島次郎がいないのを見て、初めて不審そうな顔をした。

「あれ、島次郎さん、どこへ行っちまったんだ。……旦那、お島さんを呼んできやしたぜ」

孫六が声を上げた。

すると、祠の裏手から、ぬっと源九郎が顔を出した。

お島はギョッとしたように立ちすくんだが、すぐに、目をつり上げ、

「あんた、だれなの！」

と、甲走った声で誰何《すいか》した。気丈な女らしい。

「はぐれ者の年寄りだよ」

そう言って、源九郎はお島に近付いた。

お島は恐怖に顔をこわばらせ、きびすを返してその場から逃げようとした。

「逃がさねえぜ」

お島のすぐ後ろに茂次が立っていた。

男三人にかこまれ、お島は凍りついたようにその場につっ立ったが、すぐに顫《ふる》えだし、砂利の上でガチガチと下駄を鳴らした。

「おとなしく話せば、すぐに店へ帰す」

源九郎がおだやかな声で言った。

「な、何を訊きたいのさ」

声は震えていたが、物言いは蓮《はす》っ葉《ぱ》だった。お島の地が出たらしい。

「島次郎を知ってるな」

「……………」

お島は、源九郎を睨むように見すえた。顫えがとまっている。源九郎の物言いがおだやかだったので気を持ち直したようだ。

「いま、どこにいる」

「知るもんか」

お島が吐き捨てるように言うと、そばにいた茂次が、

「旦那、この女《あま》、一筋縄じゃァいきませんや。すこし、かわいがってやりやすかい」

と、恫喝《どうかつ》するように言った。

「そうだな。……わしが、やろう」

源九郎はそう言うと、いきなり抜刀した。そして、横に刀身を一閃《いっせん》させた。

ヒイイッ、とお島が目を剝《む》いて、喉を鳴らしたとき、胸元の黒襟が裂けて、ハラリと垂れ下がった。襦袢《じゅばん》と白い胸元が露《あらわ》になったが、血の色はなかった。源九郎は袷《あわせ》の襟元だけを斬ったらしい。

「次は、額か、それとも首でもよいぞ」

源九郎がお島を見すえて言った。低い静かな声である。源九郎の顔から茫洋《ぼうよう》とした表情がぬぐい取ったように消え、凄みのある顔に豹変していた。その低い声とあいまって、相手を顫え上がらせるような恐ろしさがあった。

源九郎が刀を八相に構え、斬り込む気配を見せると、

「は、話す、話すよ」

と、お島が声を震わせて言った。

「島次郎はどこにいる」

源九郎は同じことを訊いた。

「あ、あたしは行ったことないけど、町医者の屋敷にいるって言ったよ」

「玄仙の屋敷か」

「そうだよ」

「島次郎は、玄仙と何かかかわりがあるのか」

「あのひと、四年ほど前まで、玄仙先生のところの黒鴨《くろがも》だったんだよ。それが、悪いお侍とくっついてね。……もっとも、どっちが悪人《わる》か分からないけどさ」

お島が嘲笑《あざわら》うような口調で言った。

「侍というのは、中畝や木谷のことだな」

「玄仙先生のところにいたのは、中畝さまさ。その後、佐々木さまと知り合い、木谷さまとは、賭場で知り合ったらしいよ」

お島によると、中畝と佐々木は玄仙の用心棒のような立場だったという。玄仙は金にさえなれば、毒でさえ調合して渡すほどのあくどい金儲けをしていたので、用心のために中畝や佐々木のような腕の立つ男をそばに置いたのであろう。

「なるほど、そういうかかわりか」

源九郎はお島の話から、中畝、佐々木、木谷、島次郎の四人が、どう結びついたのかが分かった。一方、中畝たち四人と八十郎は、玄仙を通して結びついたのであろう。当然、八十郎から多額の金が中畝たちに渡されたはずである。

「ところで、中畝はどこにいる」

源九郎が声をあらためて訊いた。

「あたしはどこのお屋敷か知らないけどね、あいつが、中畝の旦那は本郷のお屋敷にいると言ってたよ」

あいつというのは、島次郎のことらしい。

「清水家だな」

どうやら、中畝は八十郎の許にいるらしい。八十郎の警護と己の身を隠すために、屋敷内に身をひそめたのであろう。

源九郎がいっとき口をとじて虚空に目をむけていると、

「あたしの用は済んだようだね。もう、行くよ」

そう言って、お島が歩きかけた。

「待て」

源九郎が呼びとめた。

「島次郎は、やなぎ屋にいつ来るのだ」

「さァ、分からないよ。あいつ、始末がつくまでうちの店には来られないと言ってたからね。あんたたちが、死ぬまで来ないんじゃァないかい」

そう言うと、お島は口元にうす笑いを浮かべ、肩を振りながら通りへ出ていった。

「旦那、お島を帰《けえ》していいんですかい」

茂次が不満そうな顔をして訊いた。

「放っておけ。あの女が島次郎にわしたちのことを話す前に、始末がついているだろうよ」

源九郎は、遠ざかっていくお島の背に目をやりながらつぶやいた。

三

源九郎が腰高障子をあけると、向田の部屋にふたりの武士が端座していた。栗田安蔵《やすぞう》と村山彦三郎《ひこさぶろう》である。ふたりを呼んだのは、向田だった。

栗田と村山はふたりとも三十がらみで、拵《こしら》えの粗末な羽織袴姿だった。旗本の家士のような格好である。ふたりは清水家の若党だったというが、いまもどこかの旗本に若党として仕えているのかもしれない。

一昨日、源九郎と向田は玄仙を討とうと腹を決め、その策を相談した。そのさい、源九郎が、栗田と村山の手を借りたいと言うと、向田が、

「されば、明日にでも、長屋に呼ぼう」

と言って、自ら栗田の屋敷のある小川町まで出かけて、ことの次第を伝えてきたのだ。

向田から話を聞いた栗田は、さっそく村山に連絡し、今日、ふたりそろって向田を訪ねて来たのである。

「華町源九郎でござる。見たとおりの牢人ゆえ、心遣いご無用に願いたい」

源九郎が対座してそう言うと、

「栗田安蔵にございます。華町どののお噂は、向田さまから聞いております。お導きのほど、よろしくお願い申し上げます」

と、丁寧《ていねい》に挨拶した。

つづいて、同じように村山も挨拶したが、ふたりそろってまじまじと向田と源九郎を見比べ、

「それにしても、そっくりでございますな」

栗田がそう言って、脇にいる村山と顔を合わせてうなずき合った。向田と源九郎の容貌が似ているというのであろう。

「なに、外見だけだ。わしは傘張り牢人だが、向田は歴《れっき》とした主《あるじ》持ちだ」

源九郎がそう言うと、向田が、

「何を言うか、倅に華町家を継がせて、己は楽隠居の身ではないか」

と、声を上げた。

源九郎は反論しようとしたが、馬鹿らしくなってやめた。そんなことで言い争っている場合ではないのだ。

「ところで、おふたりにお訊きいたすが」

源九郎が、あらためて栗田と村山に目をむけた。

「何でございましょう」

「おふたりは、町医者の玄仙を知っておられるかな」

「以前、清水家にお仕えしていたころ、顔を見たことはございます」

栗田が答えると、村山もうなずいた。

「むこうはどうだ。玄仙は、おぬしたちのことを知っているかな」

「いえ、知らないはずです。診察に出向いた先の奉公人の顔など、いちいち覚えてはいないでしょう」

「玄仙のお供の者は」

「顔を見かけたことはあるでしょうが、覚えていないはずです」

「それならば、ふたりに頼みたい。わしらの顔は、佐々木や島次郎に知られているのでな」

源九郎がそう言うと、向田が、

「後はわしから話そう」

と言って、源九郎とふたりで練った策を栗田と村山に話した。

ふたりは真剣な顔をして向田の話を聞いていたが、最後に向田が、どうだな、ふたりでやってくれるかな、と念を押すと、

「やります」

と、栗田が声を上げ、村山が意を決したような顔をしてうなずいた。

その日、向田たちとの打ち合わせが終わると、源九郎は菅井の部屋へ行き、亀楽で一杯やらぬか、と誘った。玄仙を討つための策を伝えるとともに、はぐれ長屋の仲間と一杯やろうと思ったのだ。戦いの前に英気を養うという意味もある。

「いいな」

菅井がニヤリと笑った。将棋と酒が、生きがいのような男なのである。

ふたりは、手分けして茂次と孫六に声をかけた。三太郎は酒を飲むと、まだ傷にさわるので、今回は遠慮してもらうことにした。

四人は元造とお峰が運んできた酒で、いっとき酌み交わした後、

「いよいよ、明日、玄仙を討つつもりだ」

と、源九郎が顔をひきしめて言った。

「で、屋敷に乗り込むんですかい」

孫六が目をひからせて訊いた。

「いや、玄仙を屋敷の外におびき出すのだ」

いくらなんでも、大勢で玄仙の屋敷に押し入って、警護の佐々木や家士たちと斬り合うわけにはいかなかった。そんなことをすれば、大騒ぎになって隠しようがなくなる。町方も動き出すだろう。源九郎たちはむろんのこと、向田たちもお縄を受けることになり、喬之助が清水家を継ぐどころではなくなってしまう。

「どうやりやす」

茂次が訊いた。

「向田と策を練り、手は打ってある」

そう言って、源九郎は向田と練った策を三人に話した。

「そいつはいいや」

孫六が愉快そうに声を上げた。

そのとき、黙って聞いていた菅井が、

「玄仙の供には、佐々木の他にどれほどつくのだ」

と、低い声で訊いた。

「駕籠《かご》かきを入れて、十人ほどだと聞いている。そのなかに、菅谷と小野もつくだろう。……島次郎もいるかもしれんな」

源九郎は、玄仙の屋敷を見にいったとき、出会った黒鴨から聞いたことを話した。

「ところで、菅谷と小野は遣えるのか」

菅井が訊いたのは、剣のことである。

「向田の話では、遣い手だそうだよ」

「それで、こちらは」

「わしとおぬし、向田、それに、栗田と村山がくわわる。欽次郎も連れて行くつもりだ。佐々木に一太刀なりとも、浴びせたいだろうからな。むろん、孫六と茂次にも手を貸してもらう」

ただ、斬り合いになった場合、孫六と茂次には手を出させないつもりだった。

他に頼みたいことがあったのである。

「戦力としては十分だな」

そう言って、菅井は猪口《ちょく》の酒をゆっくりとかたむけた。双眸《そうぼう》がひかっている。剣客らしいひきしまった顔である。菅井も、立ち合いになることを覚悟しているようだ。

源九郎たち四人は、一刻（二時間）ほどして、亀楽を出た。いつもより、酒の量はすくなかった。孫六と茂次も顔は赤くなっていたが、足元がふらつくほど飲んではいない。さすがに、源九郎たちも明日のことが気になって、酔うほどに飲めなかったのである。

四

陽が伝通院の杜《もり》のむこうにまわり、中門の影が長く伸びていた。杜のなかに、本堂、阿弥陀堂、鐘楼などが見えている。門前通りには、ちらほら人影があったが、辺りは森閑として野鳥の声が聞こえてきた。

中門の脇の築地塀《ついじべい》の前に、七人の武士が立っていた。源九郎、菅井、向田、欽次郎、喬之助、それに栗田と村山である。欽次郎は、まだ肩口に晒を巻いているという話だが、外見からはまったく分からなかった。

源九郎たちはいつもの格好だが、何が入っているのか菅井が大きな風呂敷包みを背負っていた。

栗田と村山の身装《みなり》は、いつもと変わっていた。栗田は上物の羽織袴姿で、拵えのいい二刀を帯びていた。また、村山も羽織袴姿で二刀を帯びていたが、衣装は粗末である。恰幅《かっぷく》のいい栗田が大身の旗本の用人、一方、村山が用人に従う若党という触れ込みで、玄仙の屋敷に乗り込むつもりだったのである。

「来たぞ」

門前通りに目をやっていた菅井が言った。

見ると、茂次と孫六が小走りにやってくる。ふたりは、午後から小石川中富坂町へ来ていて、玄仙が屋敷内にいるかどうか探っていたのだ。

「玄仙はいやすぜ」

走り寄るなり、孫六が言った。

すると、茂次が、屋敷から出てきた奉公人に、それとなく訊きやした、と言い添えた。

「よし、手筈どおり、頼むぞ」

向田が、栗田と村山に言った。

ふたりは無言でうなずくと、緊張した面持ちで表門の方へむかった。

ふたりの姿が遠ざかると、

「それじゃァ、あっしらも」

と孫六が言い、茂次とふたりで栗田たちの後についていった。

孫六たちの姿が表門の通りから消えると、源九郎が、わしらも参ろうか、と言って門前通りを表門の方へ歩きだした。

源九郎たち五人は、表門から出ると水戸家上屋敷の北側に出て、火除地《ひよけち》のなかに入った。

「あそこの藪《やぶ》のなかで、支度しよう」

向田が指差した。

広い火除地で、町家のつづく中冨坂町との境近くに笹と灌木の茂った藪があった。その藪のなかへつづく小径がある。

向田によると、源九郎と玄仙の屋敷のそばまで行ったおり、ここに藪があるのを見ておいたという。

五人はその小径をたどって藪のなかへ入った。

「これは、いい。ここなら、見咎《みとが》められる心配はないぞ」

身を隠すには、もってこいの場所だった。

「さて、それでは黒布面《づら》の一味に化けるか」

そう言って、源九郎がふところから黒布を取り出し、面垂《おもだ》れにして鼻から下を隠した。

菅井、向田、欽次郎、喬之助も同じように黒布を付けた。すると、菅井が背負っていた風呂敷包みを解いた。なかに、深編み笠が入っている。

源九郎たちは横川や笹沢を斬殺し、源九郎たちをも襲った中畝たちの姿に変装したのだ。その後のことも考え、玄仙を乗せた駕籠《かご》をかつぐ陸尺《ろくしやく》や黒鴨たちに、その姿を目撃させるためである。

それというのも、その後、孫六が栄造に会ったおり、八丁堀同心や岡っ引きたちが黒布の面垂れを付けた一味が、笹沢と横川を斬殺したと見て、探っていると聞いたからだ。もっとも、孫六の話によると、町方は本腰を入れて探索していないそうである。

源九郎たちは、袴の股だちを取った後、それぞれが深編み笠をかぶった。

「いいぞ、これなら、わしらとは気付くまい」

もっとも、陸尺や黒鴨たちは源九郎たちのことなど知るはずはないので、深編み笠をかぶり、面垂れで顔を隠した武士とだけ話すはずである。

「そろそろだな」

向田が西の空を見上げて言った。

陽は伝通院の杜のむこうにまわり、残照が火除地の枯れ草を淡い鴇色《ときいろ》に染めている。冷たい風が、枯れ草を揺らしていた。

この時間に仕掛けたのは、栗田と村山の姿を多くの「薬取り」の目に触れさせないためである。流行医者《はやりいしゃ》は玄関先の待ち合いの部屋に、薬を取りにきた者たちが待っていることが多いのだ。


小半刻（三十分）前、栗田と村山が玄仙の屋敷の木戸門を入り、玄関先に立っていた。玄関の脇の部屋から人声がしたが、大勢ではない。薬取りが、いても三、四人であろう。それに、幸いなことに玄関先に立った姿を薬取りたちに見られないで済みそうだ。

「お頼み申す！　どなたか、おられぬか。お頼み申す」

村山が声を張り上げた。

すると、廊下に慌ただしい足音がし、黒鴨出立《いでた》ちの浅黒い顔の男があらわれた。玄仙の奉公人であろう。

「それがし、旗本、大久保半左衛門《おおくぼはんざえもん》の用人、日下部彦十郎《くさかべひこじゅうろう》にござる。玄仙どのは、おられようか」

栗田がこわばった顔で言った。

大久保半左衛門は三千石の旗本で、幕府の御側衆の要職にある。むろん、栗田とは何のかかわりもなかったが、勝手に名を使ったのである。もちろん、日下部も偽名である。

「な、何用で、ございますか」

浅黒い顔の男が声をつまらせて訊いた。大久保のことは、知っているのであろう。

「殿が、急病でござる。ただちに、玄仙どのにお越しいただきたい。火急の事態ゆえ、無理を承知の依頼でござる。薬価は、望みしだい」

栗田が声高に言いつのった。ただし、薬価のことは、声を落とした。すこしあからさま過ぎると思ったのである。

「お待ちください」

そう言い置くと、浅黒い顔の男は慌てて奥へむかい、すぐに剃髪した五十がらみの男を連れてもどってきた。

玄仙らしい。上物の黒羽織に黄八丈《きはちじょう》の小袖。赤ら顔で艶《つや》のいい肌をしていた。眉《まゆ》が妙に細く、女のような赤い唇をしている。いかにも、富裕な流行医者といった風貌である。

「音羽の大久保さまで、ございますか」

玄仙が目を細めて訊いた。

大久保家の屋敷が音羽にあったのである。

「さよう、ただちに、われらとご同行いただきたいが」

栗田が語気を強くして言った、

「それで、ご容体は」

玄仙が訊いた。

「今朝から腹痛を訴えられ、いまも収まらぬご様子で、しきりに厠《かわや》にお通いでござる」

栗田は、それほど重篤でないことを匂わせた。玄仙が、大久保は助からないとみて、二の足を踏まないようにしたのである。

「分かりました。すぐに、お屋敷へうかがいましょう。乗物を用意いたしますので、しばし、この場でお待ちくだされ」

そう言うと、玄仙は奥へもどった。

いっときすると、紺の装束《しょうぞく》の陸尺が四人、空の乗物をかついできて、玄関先に置いた。つづいて、男が六人出てきた。萌黄《もえぎ》色の真田紐《さなだひも》で結んだ薬籠を持った男がふたり、手ぶらだが黒鴨の身装《みなり》の男がひとり、若党らしい侍がふたり、それに巨軀の御家人ふうの男である。

手ぶらの男は島次郎で、侍は菅谷、小野、佐々木だった。栗田と村山は初めて見る男たちだったが、風貌や体軀を向田から聞いていたので、菅谷、小野、佐々木の三人は分かった。

最後に玄仙が姿を見せた。拵えのいい脇差を差している。

「頼みますよ」

玄仙は一同に声をかけてから、栗田に目配せした。先導してくれ、ということらしい。

栗田と村山は、木戸門から通りへ出た。陽が沈み、軒下や物陰には淡い夕闇が忍び寄っていた。

ふたりは、小走りに火除地へとむかった。背後から陸尺の上げる掛け声と男たちの足音が追ってくる。

五

「旦那ァ！　来やしたぜ」

笹藪から通りを覗いていた茂次が声を上げた。

「よし、茂次、孫六、玄仙を頼むぞ」

源九郎は、茂次と孫六に玄仙を捕縛してもらおうと思い、すでに話してあった。孫六はむかし使った捕り縄を用意したはずである。

「向田、わしが佐々木を斬る。菅井とふたりで、菅谷と小野を討ち取ってくれ」

源九郎が向田に言うと、

「いいだろう。若いころから、剣の腕はおまえの方が上だったからな」

向田が昂《たかぶ》ったような声で言った。さすがに平静ではいられないらしく、顔が紅潮している。

源九郎はそばにいた欽次郎に、わしのそばにいてくれ、と小声で言った。佐々木に一太刀なりとも浴びさせてやろうと思ったのである。欽次郎は、こわばった顔でうなずいた。

喬之助は向田の脇に眦《まなじり》を決したような顔で立っていた。体が顫えている。かなり、緊張しているようだ。

向田は、喬之助に忠四郎夫婦を毒殺した片割れである玄仙の最期を見届けさせるために同行したのである。場合によっては、父母の敵として、喬之助の手で玄仙に一太刀浴びせさせてもよいと考えていた。

「喬之助さま、乗物の玄仙に逃げられぬよう、孫六と茂次の後ろから見ておられよ」

向田が静かな声で言った。父親が倅に言うようなひびきがあった。向田は孫六たちの後ろにいれば、敵刃を受けるようなことはないと踏んだのであろう。

喬之助は、大きくうなずき、腰の刀を握りしめた。

向田は喬之助と話を終えると、源九郎のそばに来て、

「華町、欽次郎を頼む」

と、耳元で言った。

やはり、父親である。向田は喬之助のそばを離れられないが、欽次郎のことは気になるらしい。

源九郎は無言でうなずいた。

菅井はひとり、黙したまま立っていた。いつもとかわらぬ平然とした顔をして

いる。

「笠をかぶれ」

源九郎の声で、菅井、向田、欽次郎、喬之助の四人が持っていた深編み笠をかぶった。茂次と孫六は手ぬぐいで頬っかむりして顔を隠している。

乗物の一行が、源九郎たちの前に近付いてきた。先頭に栗田と村山が立ち、その後ろに佐々木と島次郎がいた。乗物のすぐ後ろに、菅谷と小野がしたがっている。薬籠を担いだ男は菅谷たちの後ろである。

「行くぞ！」

源九郎が一声上げ、走りだした。いっせいに、五人の男が藪から走り出て、乗物にむかって疾走した。

「曲者だ！」

佐々木が叫んだ。

その声で、先頭にいた栗田と村山がきびすを返し、佐々木たちに切っ先をむけた。それを見た陸尺たちが慌てて乗物を地面に下ろし、乗物に背を押しつけるようにして身を守ろうとした。どの顔も、恐怖にゆがんでいる。

「うぬら、われらを騙《だま》したな！」

佐々木が、憤怒に顔を赭黒《あかぐろ》く染めて叫んだ。

菅谷と小野は走り寄ってくる源九郎たちに応戦しようとして、乗物の脇に立って身構えた。

そこへ、ばらばらと源九郎たちが走り寄り、乗物の近くまで来ると、いっせいにかぶっていた深編み笠を取って叢《くさむら》に投げた。あらわれた顔は、面垂れで鼻から下を隠してある。

それを見た陸尺のひとりが、

「盗賊だァ！」

と叫び声を上げ、火除地の方へ走りだした。つられて、他の三人の陸尺と薬籠を担いだ男が、悲鳴を上げながら火除地のなかへ逃げ込んだ。

「向田と伝兵衛長屋の連中だ！」

島次郎が、ひき攣《つ》ったような声を上げた。

源九郎は真っ直ぐ佐々木の前に走った。欽次郎が後につづく。

源九郎は三間余の間合を取って佐々木と対峙すると、

「佐々木稲七郎、うぬの相手はわしだ」

そう言って、抜刀した。

佐々木に切っ先をむけていた栗田は島次郎の前に立ち、村山は喬之助の脇へ走った。万一に備えて、喬之助を守ろうとしたのである。

「斬れ！　狼藉者《ろうぜきもの》を斬り捨てろ」

小野が甲走った声を上げ、目の前に歩み寄ってきた菅井に切っ先をむけた。一方、向田は菅谷の前へ走った。

戦いが始まった。甲高い気合が静寂を劈《つんざ》き、淡い夕闇のなかに白刃がきらめき、男たちが交差した。


「うぬが、華町か」

佐々木が抜刀しながら源九郎に訊いた。

「年寄りのはぐれ者だよ」

源九郎は青眼に構え、切っ先を佐々木にむけた。欽次郎は、すこし間を取って切っ先を佐々木にむけている。

「年寄りだとて、容赦はせぬぞ」

言いざま、佐々木は八相に構えた。欽次郎のことは眼中にないようである。

佐々木は刀身を立て、通常の八相より両腕を上げて切っ先で天空を突くように高く構えている。八相は木の構えともいうが、その巨軀とあいまって、まさに大樹を思わせるような大きな構えである。

……なかなかの手練《てだれ》だわい。

源九郎は、佐々木の八相の構えに威圧を感じた。頭上からおおいかぶさってくるような迫力がある。

ただ、源九郎はすこしも臆さなかった。剣尖《けんせん》に気魄《きはく》を込め、気を鎮《しず》めて佐々木の動きを見つめている。

佐々木の顔に、一瞬、驚きの色が浮いた。老齢の痩《や》せ牢人と見て侮《あなど》っていたが、源九郎のどっしりとした隙《すき》のない構えに驚いたらしい。

だが、驚きの表情はすぐに消えた。けわしい顔で源九郎を睨むように見すえると、ジリジリと間合をつめ始めた。

源九郎は動かなかった。先に動けば、佐々木の八相からの一撃がかわしきれないと察知していた。

源九郎は気を鎮めて、佐々木の斬撃の起こりをとらえようとした。

ふいに、佐々木が寄り身をとめた。やや遠間《とおま》である。

……ここが、こやつの斬撃の間だ。

と、源九郎は読んだ。

巨体にくわえて腕も長い。踏み込めば、一足一刀の間になるのである。

佐々木の巨軀に気勢が満ち、巨軀がさらに大きくなったように感じられた。佐々木はその全身に斬撃の気配をみなぎらせ、気魄で源九郎を攻めた。巨岩で押してくるような凄まじい威圧である。

その気魄に源九郎は耐え、気を鎮めて佐々木の斬撃の起こりを読もうとしている。

腕の立つ者同士が真剣で対峙したときはいつもそうだが、ふたりには時間の流れも物音も消えていた。ただ、痺《しび》れるような剣気のなかで、己の気を鎮め、敵の心の動きを感じとろうとして、五感を切っ先のように研ぎ澄ましている。

六

数瞬が過ぎた。

ふたりは塑像のように動きをとめている。

だが、気の攻防のなかで、無意識のうちに体は動いていた。

源九郎は趾《あしゆび》を這《は》うようにさせて、すこしずつ間をつめていたし、佐々木は構えた刀身をかすかに揺らしている。

潮合だった。

ふたりの剣気の高まりが、極限に達している。

フッ、と源九郎が敵の目線につけた剣尖を下げた。誘いである。

刹那、佐々木の全身に斬撃の気が疾《はし》った。

タアリャッ！

トオッ！

ふたりの気合が、静寂を劈いた。

次の瞬間、佐々木の巨軀が躍り、源九郎の体が脇へ跳んだ。

佐々木の刀身が八相から袈裟《けさ》へ。

間髪を入れず、源九郎は脇へ跳びざま刀身を横に払った。

一合した瞬間、佐々木の上腕から血が飛び、源九郎の着物の左の肩先が裂けた。

ふたりは交差し、反転して、ふたたび青眼と八相に構えあった。

佐々木の左の上腕から血が流れ出て、裂けた着物を蘇芳《すおう》色に染めている。源九郎の切っ先がとらえたのである。

一方、源九郎は着物を裂かれたが、血の色はなかった。

「浅い！」

佐々木が苛立《いらだ》ったような声で言った。顔が怒張したように赭黒く染まり、目が傷ついた獣のように猛々しいひかりを放っていた。

「されば、もう一手」

言いざま、源九郎の方から間合をつめ始めた。佐々木の気が昂っているのを見て、斬撃の起こりが読めると踏んだのである。

佐々木の全身の気勢が一気に高まり、巨軀が膨れあがり、小山のように感じられた。だが、源九郎は寄り身をとめなかった。

源九郎の右の爪先が斬撃の間境を越えた刹那、佐々木の全身に斬撃の気が疾った。

トオッ！

瞬間、源九郎の気合がひびき、体が躍動した。

閃光《せんこう》が突き出された槍の穂先のように佐々木の鍔元に伸びる。

間髪を入れず、鋭い気合とともに佐々木が八相から袈裟に斬り込んできた。だが、佐々木の太刀筋は乱れ、源九郎の肩先をかすめて流れた。

源九郎は佐々木の斬撃の気配を逸早《いちはや》く察知し、一瞬迅《はや》く籠手《こて》へ斬り込んだのだ。その切っ先が佐々木の右手の甲を深くえぐり、佐々木の太刀筋を乱したのである。

次の瞬間、ふたりは横に跳んで間合を取った。

佐々木の右手の甲から血が筋になって流れ落ちている。八相に構えた刀身が大きく揺れていた。右手が柄をうまく握れないのである。

「おのれ！」

佐々木は目をつり上げ、憤怒の形相で真っ向へ斬り込んできた。

だが、迅さと鋭さがなかった。

源九郎は体をひらいて斬撃をかわしざま、刀身を横にはらった。抜き胴である。

ドスッ、と鈍い音がし、佐々木の上半身が前にかしいだ。源九郎の一颯《いっさつ》が佐々木の胴を薙《な》ぎ払ったのである。

佐々木はたたらを踏むように泳ぎ、左手で腹を押さえてうずくまった。巨体の腹部から臓腑が覗いている。

佐々木は蟇《ひき》の鳴くような低い呻《うめ》き声を洩らし、上体を前に倒したままうずくまっていた。

「欽次郎どの、とどめを刺せ！」

源九郎が声を上げた。

その声で、弾かれたように欽次郎が走り寄り、目をつり上げて佐々木の脇から刀を振り下ろした。渾身《こんしん》の一刀である。

にぶい骨音がし、佐々木の首が前にかしいだ。欽次郎の刀身が佐々木の首に深く食い込んでいる。欽次郎が刀を引くと同時に、佐々木の首根から血が奔騰《ほんとう》した。佐々木は勢いよく血を噴出させながら、前につっ伏した。

血海のなかで、佐々木は四肢を痙攣《けいれん》させていたが、すぐに動かなくなった。絶命したようである。

欽次郎は何かに憑《つ》かれたような目をし、血刀をひっ提げたままつっ立っていた。

「みごと、佐々木を討ったな」

源九郎が声をかけると、欽次郎は急に我に返ったように源九郎に顔をむけ、

「は、はい、これで、横川どのの無念が晴らせました」

と、声をつまらせて言った。

源九郎は向田たちの斬り合いに目をやった。すでに、おおかたの戦いは終わっていた。

菅井は小野を仕留め、刀を納めていた。足元に小野の死体が横たわっている。向田も菅谷を斃していた。うずくまっている菅谷に切っ先をむけていたが、菅谷は血にまみれて呻き声を洩らしている。

島次郎は、まだ生きていた。乗物を背にして匕首《あいくち》を構えている。顔と肩先が血に染まっていた。栗田の斬撃をあびたらしい。

島次郎はひき攣ったような顔をして、ひいひいと細い悲鳴を上げていた。その島次郎の脇に、菅井がゆっくりと歩を寄せていく。栗田が島次郎の死に物狂いの一撃をあびる恐れがあると見たのかもしれない。

島次郎が近付いてきた菅井を見ると、

「ちくしょう！」

と一声叫び、匕首を前に突き出し、体ごと菅井につっ込んでいった。

瞬間、菅井の腰が沈み、シャッ、という鞘走る音とともに腰元から閃光が疾った。

と、島次郎が絶叫を上げてのけ反り、肩口から驟雨《しゅうう》のように血飛沫《ちしぶき》が上がった。菅井の抜きつけの一刀が、島次郎の肩口から胸部へ斬り下げられたのだ。

島次郎は、一瞬、その場につっ立ったが、前につんのめるように転倒した。伏《ふく》臥《が》した島次郎は、地面を這おうとしてもがいたが、いっときすると動かなくなった。胸部からの血がつっ伏した島次郎のまわりにひろがっていく。

乗物の脇に茂次、孫六、喬之助が、こわばった顔で立っていた。その前に、玄仙の姿がある。玄仙は後ろ手に縛られたままうずくまっていた。孫六たちが乗物から引き出して、縄をかけたらしい。

源九郎はゆっくりとした足取りで、玄仙に近付いた。向田や栗田たちも集まっていった。

七

辺りは暮色に染まり、寒風が茫々とひろがる火除地を舐《な》めるように吹き抜けていく。その風のなかに、かすかに血の匂いがあった。

玄仙は紙のように蒼ざめた顔で、恐怖に身を顫わせていた。

向田は玄仙の前に立つと、喬之助を脇に立たせ、

「玄仙、喬之助さまのお顔を見ろ」

と、低い声で言った。胸に衝き上げてきた怒りを抑えたのであろう。声がかすかに震えていた。

喬之助は唇をひき結び、目をつり上げて、玄仙を睨みつけるように見すえている。

玄仙は怯《おび》えたような目で、喬之助を見上げると、

「わ、わしは、何も知らぬ」

と、喉のつまったような声で言った。

「おまえが、八十郎と何をしたか、すべて承知している。いまさら、しらを切っても無駄だ」

向田の語気に恫喝するようなひびきがくわわった。

玄仙を見すえた向田の顔が豹変していた。表情がひきしまり、双眸が熾火《おきび》のようにひかっている。身体に満ちた怒りの気配とあいまって、相対した者の心を震え上がらせるような凄みがあった。

「ここで、おまえの首を刎《は》ねても、文句は言えまい」

そう言って、向田が腰の刀に手をやると、

「た、助けてくれ。……金なら出す。いくらでも出すから、命だけは助けてくれ」

玄仙が声を震わせて言った。

「おまえが、八十郎に、忠四郎さまと萩枝さまの毒殺を持ちかけたのか」

向田が質《ただ》した。

「ち、ちがう。わしは、ただ、八十郎さまに頼まれて、毒を渡しただけなのだ。何に使うのかも知らなかった。……おふたりが亡くなったのは、わしのせいではない」

玄仙が必死で訴えた。

「だが、おまえが毒を渡して、忠四郎さまたちを殺す手助けをしたことにまちがいはあるまい」

向田がそう言うと、喬之助が、

「父上と母上の敵！」

と言って、刀に手をかけた。

目がつり上がり、怒りと興奮とで体が激しく震えている。

「喬之助さま、この者はそれがしが」

向田が、そう言って喬之助を制し、

「喬之助さまのお手を汚すほどの男ではございませぬ。それに、真の敵は八十郎でございましょう」

と、言い添えた。

向田は喬之助に、玄仙を斬らせたくなかったのだ。それというのも、幕府に敵討ちの届け出をしていないので、勝手に斬れば殺人や私闘と見なされるだろう。そうなれば、喬之助が清水家を継ぐことはできなくなる。

喬之助は向田にたしなめられて、刀の柄から手を離した。

そのとき、脇から見ていた源九郎が、

「向田、ここで玄仙を斬る手はないぞ」

と、口を挟んだ。妙案でも思いついたような顔をしていた。

「なぜだ」

「この男は、生かしておけば、利用できる」

源九郎は、耳を貸せ、と言って、向田にささやいた。

「なるほど、その手があったか」

向田は納得したように大きくうなずいた。

源九郎は菅井や孫六たちにも耳打ちし、

「玄仙は長屋へ連れて行く。……乗物も必要だな」

と言って、茂次たちに空の乗物を担いで長屋にもどるように頼んだ。

その場を離れる前に、佐々木や島次郎の死体は、源九郎たちが身を隠した藪のなかに引きずり込んでおいた。通り沿いに死体が転がっていたら、騒ぎが大きくなるだろうと思ったのである。

乗物は、茂次、菅井、栗田、村山の四人でかついだ。武士体の者が乗物など担いでいては、通りすがりの者が不審を抱くだろうが、幸い、辺りは夜陰につつまれ、人影はまったくなかった。

その夜、源九郎たちは長屋をまわり、紺の股引、筒袖、小袖、半纏《はんてん》など借り集めた。玄仙の従者として、黒鴨らしく装うためである。また、長屋の住人のなかから体格のいい日傭取《ひようと》りを四人集め、手当をはずんで玄仙の乗る乗物を担いでもらうことにした。

「いよいよ、明日だな」

向田が目をひからせて言った。

「清水家の屋敷には、中畝がいるはずだが、ほかにわしらに刀をむける家士はどれほどいる」

源九郎が訊いた。

「七、八人はいような。ただ、相手が喬之助とわしらと分かれば、斬り合いをしてまで八十郎に従うのは、半数ほどであろうか」

「三、四人といったところか」

源九郎はそれほどの敵ではないと踏んだ。ただ、屋敷内での斬り合いはできるだけ避ける必要があった。障子や襖の陰に身をひそめていて攻撃されると、躱《かわ》しようがないからである。

そのとき、源九郎と向田のやり取りを聞いていた菅井が、

「中畝は、おれにやらせてくれ。今日の相手は、物足りなかったのでな」

と、顎を撫でながら言った。菅井にとって、小野はそれほどの相手ではなかったようである。

「いいだろう。中畝は菅井にまかせよう」

居合には、狭い部屋のなかでも遣える刀法があった。屋敷内の戦いになった場合、中畝より菅井に利がある、と源九郎は踏んだのである。

第六章　対　決

一

源九郎たちの一行は、午後になってからはぐれ長屋を出た。向田、喬之助、栗田、村山の四人は、御家人ふうの格好をして菅笠をかぶり、玄仙の乗る乗物の前後についた。清水家には向田たちの顔を知っている者もいたので、菅笠をかぶって顔を隠すことにしたのである。

乗物を担ぐのは長屋の四人の男だった。源九郎、菅井、欽次郎の三人は長屋から調達した紺の股引と筒袖、小袖などを着て、流行医者《はやりいしゃ》の従者らしい格好をして乗物の後にしたがっている。

乗物のなかの玄仙は後ろ手にしばられ、猿轡《さるぐつわ》をかまされていた。途中、逃げ出そうとしたり助けを求めたりするのを防ぐためである。

茂次と孫六は、清水家の様子を見るために、五ツ（午前八時）ごろに長屋を出ていた。八十郎が屋敷にいなければ、長屋に知らせにくることになっていたが、姿を見せないので、いるとみていいのだろう。

源九郎たちは両国橋を渡り、神田川沿いの柳原通りを筋違御門の方へむかった。一行に目をむける者もいたが、不審そうな顔をする者はいなかった。流行医者の一行と見て疑わなかったのである。

一行は昌平橋を渡って湯島へ出た。昌平坂学問所の裏手まで来たとき、前方から小走りにやってくる茂次の姿が見えた。茂次も紺の股引に紺の小袖を着て、裾高に尻《しり》っ端折《ぱしょ》りしていた。清水家までの道筋は打ち合わせてあったので、屋敷の様子を知らせにもどったのであろう。

「旦那、八十郎は屋敷にいやすぜ」

茂次は源九郎のそばに来ると、一行の者たちにも聞こえる声で言った。

「孫六は？」

「とっつァんは、屋敷を見張っていやす」

「不審な動きはないか」

源九郎は、玄仙が襲撃されたことを知れば、八十郎が何か手を打つのではないかと思っていたのである。

「変わった様子はありませんぜ」

「そうか」

もっとも、玄仙を襲撃したのは昨日の夕方である。佐々木たちの死体は隠してあったので、まだ、八十郎の耳にはとどいていないのかもしれない。源九郎は八十郎が手を打つ前に始末をつけようと思い、日を置かずに屋敷を襲うつもりで今日にしたのである。

一行が中山道をたどって本郷へ入り、浄林寺の前まで行くと、山門の脇で孫六が待っていた。

孫六は源九郎に走り寄り、

「八十郎は、屋敷におりやす」

と、報《し》らせた。孫六によると、屋敷に変わった様子はないという。

「まだ、すこし早いな」

陽は西の家並のむこうにまわっていたが、薄陽が街道を照らしていた。旅人や供連れの武士などが行き来している。いつもの、平穏な中山道の光景である。

ちょうど、幕臣が下城するころであった。源九郎たちは、清水屋敷を襲撃するのは暮れ六ツ（午後六時）ごろと決めていた。表店《おもてだな》も旗本屋敷も戸締まりを終え、清水屋敷付近の通りの人影も途絶えるからである。

源九郎たちは山門の脇で一休みすることにした。幸い、鬱蒼《うっそう》とした杉が山門の脇を覆い、街道を行き来する人々から源九郎たちの姿を隠してくれた。

小半刻（三十分）ほどすると陽が沈み、樹陰や山門の陰が淡い夕闇につつまれてきた。

「そろそろまいろうか」

源九郎が声をかけると、陸尺役《ろくしゃく》の男たちが乗物を担ぎ上げた。

清水家の前の通りに、人影はなかった。堅牢の門扉はとじられたままだが、屋敷内からかすかに物音や人声が洩《も》れてきていた。表門のちかくに門番がいるようである。

源九郎たちは門扉の脇のくぐり戸の前に乗物を置き、乗物の引き戸を一尺ほどあけた。玄仙の猿轡をはずしたが、声は出さなかった。乗物の引き戸と反対側に源九郎が両膝をつき、小刀を突き刺して切っ先を玄仙の脇腹に当てていたからである。

「わしのいう通りにせねば、すぐに突き刺す」

と、源九郎から玄仙に話してあったのだ。

向田たちも乗物の背後にまわり、片膝をついて顔を伏せていた。くぐり戸から覗いた者に顔を見られないようにしたのである。

打ち合わせてあったとおり、栗田がくぐり戸をたたきながら、

「お頼みもうす。中冨坂町の医師、玄仙にございます。お頼みもうす」

と、声を上げた。

いっときすると、門扉に近付く足音がし、くぐり戸が開いた。覗いたのは、菖《しょう》蒲《ぶ》革の袴を穿《は》いた若党ふうの男だった。門番役であろう。

「玄仙でござる。清水さまに、お取次いただきたい」

栗田がそう言うと、

「げ、玄仙でござる。大事が出来《しゅったい》しました。……し、清水さまに至急、お伝えしたい。お取り次ぎくだされ」

玄仙が、乗物の引き戸の間から首だけ出し、声を震わせて言った。背後で源九郎がささやいたとおりに言ったのである。

「しばし、しばし、お待ちを」

そう言い残し、男は慌てた様子でくぐり戸から首をひっ込めた。ことの次第を、八十郎に伝えに行ったにちがいない。

この隙《すき》をとらえて、乗物の玄仙にすばやく猿轡をかませ、引き戸をしめてしまった。門前での玄仙の役は終わったのである。

いっときすると、門扉のむこうで数人の足音が聞こえ、門扉があいた。

「お通りくだされ」

四十がらみの家士らしき痩身の男が言った。清水家の用人らしい。痩身の男の背後に侍が四人いて、乗物に目をむけている。すでに、乗物の引戸はしめられていたので、玄仙の姿は見えない。

四人の陸尺役の男が乗物を担ぎ上げた。その両脇と背後に源九郎や向田たちがついた。いずれも、清水家の者たちに気付かれぬように顔を伏せ加減にしている。

……中畝だ！

源九郎は、痩身の男の背後に中畝がいるのに気付いた。細い目で乗物や従者の様子を睨《ねめ》るように見まわしている。

乗物と源九郎たち一行は、玄関の式台の前で足をとめた。そのとき、門番の手で表門はしめられた。

玄関先に乗物が置かれたが、すぐに引き戸はあかなかった。陸尺役の四人は後ろに身を引き、源九郎たちが立ち上がった。

源九郎と菅井は刀を手にしていた。玄仙に猿轡をかませたとき、乗物のなかに隠していた刀を手にして、乗物の陰に隠しながらここまで来たのである。

その場の異様な雰囲気を察知したのか、用人らしき男が、

「玄仙どの、どうされた」

と、怪訝《けげん》な顔をして訊《き》いた。

そのとき、乗物の脇にいた茂次が引き戸をあけた。その拍子に、後ろ手に縛られ猿轡をかまされた玄仙が、乗物から転がり出た。

「こ、これは！」

用人らしき男が、驚愕《きょうがく》に目を剝《む》いた。

二

「向田たちだ！」

中畝が叫んだ。

向田、栗田、村山、喬之助の四人はかぶっていた笠を足元に捨て、用人と後ろにいる中畝たち四人に迫った。

喬之助は乗物の背後にまわり、念のために左右に孫六と茂次がついた。こうした動きも、打ち合わせてあったのである。

「な、なにをする！」

用人らしき男が、驚愕に目を剝いて叫んだ。すると、小太りの若党らしき男が、狼藉者《ろうぜきもの》だ！　と屋敷内にむかってひき攣《つ》ったような声を上げた。

「手出し無用！　ここにおられるのは、当家の嫡子、喬之助さまだ。われらに、刀をむければ容赦なく斬り捨てるぞ」

向田が喝するような声で言った。

すると、中畝の脇にいた長身の男が、喬之助さまだ、と声を上げた。もうひとり、大柄な男がうなずいた。どうやら、ふたりは喬之助を知っているようである。

「かまわぬ。この者たちを斬れ！　われらは、八十郎さまをお守りするのだ」

中畝が叫びざま、抜刀した。それにつられて、小太りの男と中背の男が刀を抜いたが、喬之助を知っているふたりと用人は、後ろに身を引いた。向田たちに刀をむける気はないらしい。

そのとき、菅井が中畝の前に走り、

「おぬしの相手は、おれだ」

そう言って、刀の柄に手をかけた。

一方、源九郎と向田はすばやくまわり込み、小太りの男と中背の男に相対した。

屋敷のなかで、男の甲高い声や女の悲鳴、荒々しく障子をあける音や廊下を走る音などが聞こえてきた。外の異変を察知して、家士が駆け付けてくるようである。

……長引くと面倒だな。

源九郎は青眼に構えると、すぐに小太りの男との間をつめ始めた。一撃で斃《たお》そうと思ったのである。

小太りの男も相青眼に構えたが、体が激しく顫《ふる》え切っ先がわなわなと震えていた。腰も引けて、隙《すき》だらけである。

源九郎は一気に斬撃の間境を越えると、刀身を峰に返しざま真っ向へ斬り込んだ。斬るまでもないと思ったのだ。

小太りの男は気合とも悲鳴ともつかぬ声を発し、刀を振り上げて源九郎の斬撃を受けたが、腰がくだけ、後ろへよろめいた。

すかさず、源九郎は飛び込み、二の太刀を胴にみまった。

体勢をくずした小太りの男は、受けることもかわすこともできなかった。源九郎の一撃が、男の腹へ食い込んだ。

グワッ、という呻《うめ》き声を上げ、男の上体が前にかしいだ。そのまま、男は前によろめき、腹を押さえてうずくまった。苦悶《くもん》に顔をしかめ、唸《うな》り声を上げている。腹を強打され、激痛に襲われたらしい。

そのとき、玄関から家士らしい男が三人、飛び出してきた。玄関先でくりひろげられている戦いの様子を目にし、

「狼藉者！」

ひとりが叫び、うずくまっている玄仙のそばに駆け寄ろうとした。他のふたりも、後につづいた。

「われらが相手だ」

栗田と村山が三人に立ち向かい、すでに相手を斃していた源九郎と向田も駆け寄った。

飛び出してきた三人を、源九郎たち四人で取り囲むような格好になった。

このとき、菅井は中畝と対峙していた。

中畝は青眼に構え、切っ先を菅井の喉元につけていた。対する菅井は居合腰に沈め、右手で柄を握って抜刀体勢を取っている。

ふたりの間合は、およそ三間。遠間《とおま》である。

対峙したまま、菅井は足裏を擦るようにして、すこしずつ間をつめていた。

……あと、半間。

まだ、居合の抜刀の間ではなかった。

中畝は微動だにしない。切っ先を菅井の喉元につけたまま、菅井の動きを見つめている。息を呑むような緊張がふたりをつつんでいた。

……あと、一尺。

菅井がそう踏んだ瞬間だった。

ふいに、中畝の剣尖《けんせん》が下がった。誘いだった。中畝は仕掛けると見せて、菅井に抜刀させようとしたのである。

つ、つ、と菅井が間合をつめた。誘いに乗ったと見せて、抜刀の間境に踏み込んだのである。

利那、菅井の全身から斬撃の気が疾《はし》った。

ヤアッ！

タアッ！

ほぼ同時に、ふたりの気合が大気を裂き、二筋の閃光《せんこう》が疾った。

菅井の抜きつけの一刀が袈裟《けさ》へ。まさに、神速の斬撃だった。間髪を入れず、中畝の斬撃が、菅井の籠手《こて》へ伸びた。

菅井の切っ先が中畝の肩先を斬り下げ、突き込むように放った中畝の切っ先は菅井の右手の甲をかすめて袖を裂いていた。

だらり、と中畝の右腕が垂れ下がった。菅井の渾身《こんしん》の一刀に鎖骨を截断《せつだん》され、腕ちかくまで斬り下げられたのだ。

一瞬の初太刀の勝負である。

中畝は絶叫を上げて、よろめいた。

すかさず、菅井は踏み込みざま、二の太刀をふるった。

横一文字に払った切っ先が中畝の首筋をとらえ、首筋から血が赤い帯のように噴出した。中畝は血を撒《ま》きながらつっ立っていたが、すぐに腰からくずれるように倒れた。

地面につっ伏した中畝は動かなかった。呻き声も喘鳴《ぜんめい》も聞こえない。血の流れ落ちる音がかすかに聞こえるだけである。

玄関先の戦いも終わっていた。

源九郎たちは、屋敷内から飛び出してきた三人を斃していた。ふたりは峰打ちで、ひとりは斬っていた。峰打ちを浴びた家士たちは、低い呻き声を上げてうずくまったり、つっ伏したりしていた。

「玄仙、立て！」

向田が玄仙を立たせた。

猿轡をかまされた玄仙は恐怖に目を剝き、激しく身を顫わせていた。

「行くぞ」

向田が声を上げた。いよいよ屋敷内に乗り込み、八十郎と対決するのである。

三

向田、喬之助、玄仙、源九郎、菅井の五人だけが、玄関から屋敷の奥へむかった。すでに、向田たちに逆らう家士は中畝をはじめ始末していた。大勢で、屋敷内に乗り込む必要はなかったのである。

栗田、村山、欽次郎、それに孫六と茂次は、念のため台所や家士の住む長屋などへまわった。

屋敷内から、障子を開閉する音や女の甲走った声などが聞こえてきた。八十郎の妻や女中の声であろうか。男の声も聞こえたが、裏手の方である。おそらく、中間や下僕の者であろう。

向田たちは、辺りに気を配りながら廊下を奥へむかった。念のために、源九郎と菅井が先にたって進んだ。障子や襖の陰からの攻撃に備えるためである。

ときおり、源九郎と菅井は障子や襖をあけて、廊下沿いの座敷に敵がひそんでいないか確かめた。どの部屋も濃い夕闇につつまれ、人のいる気配はなかった。

「この奥で、ござろう」

向田が廊下に足をとめて指差した。

八十郎が、夜分過ごすことの多い居間だという。さらに、その奥が寝部屋と子供用の部屋になっているそうである。

向田が指差した奥の座敷から男の声が聞こえてきた。言い争っているような声である。何人か、男たちがいるようだ。

「行こう」

向田が歩き出した。

男の声がしだいにはっきり聞こえてきた。くぐもった声と、叱責するような声である。襖の間から燭台の灯《ひ》が洩れていた。

その声のする座敷の襖を、源九郎があけた。なかにいた四人の男が、いっせいに振り返った。いずれも、驚怖《きょうふ》に目を剝いている。

床の間を背にした恰幅《かっぷく》のいい男のまわりに、三人の男が座していた。三人は玄関先から屋敷にもどった用人とふたりの家士である。

恰幅のいい男が八十郎らしい。四十がらみ、赤ら顔で目のギョロリとした男だった。顔が怒りで赭黒《あかぐろ》く染まっている。鮫小紋《さめこもん》の給《あわせ》の上に唐桟《とうざん》の綿入れを羽織っていた。くつろいだ格好だが、贅沢な衣装である。背後の床の間に刀掛けがあり、拵《こしら》えのいい大小が掛けてあった。

どうやら、用人たち三人が八十郎に向田たちのことを報らせに来て、八十郎に叱責されていたらしい。

八十郎は源九郎たちの姿を見ると、憤怒と恐怖の入り混じったような顔をして腰を浮かした。咄嗟《とつさ》に、その場から逃げようとしたらしい。

源九郎と菅井が、すばやく八十郎の脇に走り寄った。八十郎が逃げるのを防ぐとともに、この場は向田に任せようと思ったのである。

「う、うぬは、向田だな。喬之助を擁して、清水家を乗っ取る気か」

八十郎が声を震わせて言った。怒りと恐怖が、八十郎の大柄な体を顫わせている。

「当家を乗っ取ったのは、八十郎さまでございましょう」

向田が怒りを抑えながら言った。

「だ、黙れ！……夜分、屋敷内に押し入るなど、夜盗のような振る舞いではないか」

「押し入ったのではござらぬ。門番に開門させ、自邸にもどっただけのことでござる」

「何を言う。そこにおる玄仙の顔を見せ、屋敷の者を誑《たぶら》かしたのであろうが」

「玄仙を同道いたしたのは、玄仙の口から八十郎さまの悪行を話してもらうためでございます」

そう言うと、向田は玄仙の縄を取って、八十郎の前に引き出した。玄仙は血の気の失《う》せた顔で、わなわなと震えている。

「なに、わしの悪行だと！」

「玄仙は、忠四郎さまと萩枝さまを毒殺するための毒を八十郎さまに求められ、渡したと証言しております」

向田がそう言ったとき、
傍らに立っていた喬之助が、

「叔父上、父上と母上の敵！」

と声を上げ、腰の刀に手をかけた。眦《まなじり》を決し、いまにも斬り付けるような意気込みがある。

「し、知らぬ」

八十郎の顔が狼狽《ろうばい》したようにゆがみ、腰を浮かせて身を引いた。喬之助の気魄《きはく》に気圧《けお》されたようだ。

「ならば、玄仙から直に聞くといい」

向田は玄仙の猿轡を解くと、首筋に切っ先を当て、わしらに話したことを、もう一度もうせ、と低い声で言った。

玄仙は震えながら首を横に振ったが、向田が切っ先をかすかに引き、首筋から

血が滴り落ちると、恐怖に目をひき攣《っ》らせ、

「わ、わしは、八十郎さまに頼まれて毒を渡しただけだ。な、何に使われたのかも、わしは知らぬ。……すべて、八十郎さまがしたことだ。わ、わしは、何のかかわりもないのだ。……た、助けてくれ」

と、狂ったようにしゃべった。

「黙れ、玄仙、黙らぬか。おまえが、わしに、毒を使えば病と見せかけて殺すことができると話したのではないか」

八十郎が声を荒立てた。熱《いき》り立ったように顔を赭黒く染め、歯を剝き出している。

「わ、わしは何も知らぬ。ただの町医者だ。し、清水家の世継ぎなど、何のかかわりもない」

玄仙が激しく言いつのった。

「黙れ！　玄仙、黙らぬか」

八十郎は叫びざま、背後の刀掛けにあった脇差をつかんだ。そして、狂乱したように目をつり上げ、玄仙に襲いかかった。

咄嗟に、源九郎と菅井が刀を手にしたが、抜かなかった。菅井の居合なら、八

十郎が玄仙に襲いかかる前に仕留めていたかもしれない。だが、ふたりとも八十郎のなすがままに任せた。悪党同士の殺し合いをとめることはないと思ったのである。

ヒイイッ、と喉を裂くような悲鳴を上げ、玄仙が這《は》って逃れようとした。その背に、八十郎が覆いかぶさり、手にした脇差で首筋に斬り付けた。

首筋の肉がひらき、激しく噴出した血が八十郎の顔や胸に当たって音を立てた。八十郎の切っ先が首筋の血管《ちくだ》を斬ったのである。見る間に、八十郎の顔と上半身が血に染まっていく。

玄仙は、ヒッ、ヒッ、と喉を鳴らしながら這い逃れようとしたが、腕がもつれて顎から前につっ込むように腹這いになった。なおも、逃れようと四肢を動かしてもがいていたが、やがて動かなくなった。絶命したようである。

八十郎が身を起こした。凄絶な顔である。髷《まげ》が乱れ、顔は赤い布で覆ったように真っ赤に染まり、上半身も血まみれだった。

八十郎は、どさりと尻餅をついた。血塗《ちぬ》れた脇差を手にしたまま、目を剝き、ハア、ハア、と喘《あえ》いでいる。

「八十郎さま、見苦しいですぞ」

向田が言った。

八十郎は返事をしなかった。何かに憑《つ》かれたかのように、視線を虚空にさまよわせている。

そのとき、喬之助が八十郎の前に出て、刀を抜こうとした。

向田が喬之助を制し、

「喬之助さま、すでに、忠四郎さまと萩枝さまの敵は討ちました。ここにおるのは八十郎さまの抜け殻にございます」

そう言って、八十郎の後ろにまわった。

そして、背後に膝をついて、後ろから脇差を手にした八十郎の拳をつかむと、

「八十郎さま、腹を召されい！」

と、叫びざま、脇差を八十郎の腹に突き刺した。

一瞬、八十郎は短い叫び声を上げて、身をよじろうとしたが、向田に両腕で後ろから抱えられたような格好になり、身動きできなかった。

向田の顔が赭黒く染まって、仁王のような形相になった。全身の力をふり絞って、八十郎の腹を横に引き裂いているのだ。

そこに居合わせた者たちは身動《みじろ》ぎしなかった。凍りついたように身を硬くした

まま向田と八十郎に視線を集めている。

……忠義な男よ。

源九郎は向田の必死の形相を見ながら思った。

向田は、喬之助に叔父殺しの罪を着せたくなかったのだ。初めから、八十郎に腹を切らせるつもりで、この屋敷に臨《のぞ》んだにちがいない。玄仙をここに連れてきたのも、ふたりで仲違《たが》いさせて罪を明らかにし、腹を切らせるつもりだったのであろう。その筋書きどおりに運ばなければ、向田は相打ちにでもして八十郎を自分の手で始末したかもしれない。

向田が八十郎の背から離れると、八十郎は腹に刺さった脇差を手にしたまま前にうつぶせになった。腹部から流れ出た血が、八十郎のまわりにひろがっていく。

「喬之助さま、これで、忠四郎さまと萩枝さまも成仏できますぞ」

向田は小声で言って、目を瞬《しばたた》かせた。胸に込み上げてくるものがあったようである。

四

「爺々《じじ》さま、剣術を教えてください」

新太郎が、源九郎の顔を見上げて言った。

ちかごろ、新太郎は源九郎の顔を見ると、剣術の手解きをせがむ。俊之介から、源九郎が剣術の遣い手であることを聞いたらしい。

源九郎の前に、八重を抱いた君枝と俊之介が笑みを浮かべて立っていた。君枝も八重も元気そうである。

「もうすこし大きくなったらな」

源九郎は膝を折り、新太郎の肩に両手を置きながら言った。新太郎はまだ六歳である。剣術の稽古は早すぎる。

「それにしても、よかった。みんな元気になって」

源九郎は立上がり、俊之介たちに目をやりながら相好をくずした。

華町家は八重につづいて、新太郎と君枝が流行風邪《はやりかぜ》にかかり、どうなるのかと心配していたのである。

「父上の護符のお蔭かもしれませぬ」

俊之介が、ともかく、座ってください、と目を細めて言った。

上がり框《がまち》のそばで、源九郎は出迎えた俊之介たちと話していたのだ。いつもの居間に行って腰を下ろすと、君枝は、お茶を淹《い》れましょう、と言って、八重を抱いたまま台所へむかった。

新太郎は大人たちの話にくわわるつもりでいるのか、俊之介の脇に一人前の顔をして座っている。

「そう言えば、長屋の子供も風邪が治ったといって、喜んでおったな」

三日前、長屋の笹七とお繁が、あらためて酒の入った貧乏徳利を携えてきて、松吉の風邪が治りやした、華町さまにいただいた護符のお蔭です、そう言って、酒を置いていったのだ。

「君枝はご利益のある護符だと言って、いまもふたりの子供の寝部屋の柱に貼ってありますよ」

俊之介ももっともらしい顔で言った。

「まァ、暖かくなったせいもあろうがな……」

ここ数日、すっかり春めいてきて、大川端などには若草が萌え始めていた。

そのとき、台所の方で君枝の声と八重の笑い声が聞こえた。俊之介は脇に座し

ている新太郎に、

「母上の様子を見てきてくれぬか」

と、ささやいた。どうやら、新太郎には聞かせたくない話をしたいらしい。

新太郎は源九郎と俊之介の話を聞いていてもおもしろくないと思ったらしく、いつになく素直に、はい、と元気のいい返事をして立ち上がった。

新太郎の足音が廊下から消えると、

「ところで、父上、清水家のことを聞いてますか」

俊之介が声をあらためて言った。

「いいや、何も」

源九郎はとぼけた。

源九郎たちが清水家で八十郎たちを始末してから、十日ほど経っていた。三日前、向田がひょっこり長屋に顔を見せ、その後のことを話していったのだ。

向田の話によると、幕府には八十郎の死を急病死として届け、清水家の家督は喬之助が継げるよう手配したという。

「清水家の当主が、亡くなったそうですよ」

俊之介が源九郎を上目遣いに見ながら言った。以前、源九郎が俊之介から、清水家のことを訊いていたので、源九郎が当主の急死の裏を知っていると読んだのかもしれない。

「そうらしいな。わしも、その噂は聞いておる」

「清水家の当主の嫡子は、まだ五歳ということもあって先代の嫡子が家を継ぐそうです。もっとも、亡くなった当主は次男だったこともあって、次に清水家を継ぐのは先代の嫡子との約定があったそうですがね」

「大身の旗本ともなると、家を継ぐのも厄介《やっかい》だのう」

源九郎は他人事のように言った。

「気になるのは、亡くなった当主の妻子ですよ。屋敷を追われ、生きていく糧も奪われたのではないですかね」

俊之介が眉宇《びう》を寄せた。後に残された妻子が、哀れに思えたのであろう。

八十郎の妻の菊乃と嫡男の松太郎はどうなるのか。そのことも、源九郎は向田から聞いていた。

向田によると、喬之助は、叔母にあたる菊乃と従弟の松太郎を屋敷から追い出すことはできない、と言い張ったという。そこで、当分の間、屋敷内でいっしょに暮らし、手頃な住居《すまい》が見つかり次第、屋敷を出てもらうことにしたそうである。なお、屋敷を出てからも清水家と菊乃の実家からの合力で、菊乃と松太郎が暮らしに困るようなことはないという。

「喬之助さまは、心の優しいお方なのだ」

向田がしんみりした口調で言った。

また、向田の話によると、喬之助は向田を清水家の用人に迎えたいと強く望んだという。

「わしの代わりに、欽次郎を使ってもらうことにしたよ。……なに、華町を見て、わしも隠居したくなったのさ」

向田は目を細めて嬉しそうに話した。

源九郎は俊之介を前にして、

「噂によると、清水家を継いだ者が妻子の行く末を案じて、暮らしが立つようにしたと聞いたぞ」

と、それらしく話した。

「そうですか。……それにしても、父上はよくご存じですね」

俊之介が源九郎の心底を探るような目をして言った。

「そうした噂が、長屋に伝わるのは早いからな」

貧乏長屋の住人は、大身の旗本の世継ぎのことなどあまり噂しなかったが、そう言っておいた。

「話はちがいますが、清水家に出入りしていた玄仙という町医者の一行が襲われて、何人も殺されたそうですね」

俊之介が声をあらためて訊いた。

「そうらしいな」

「父上は何か、ご存じではないのですか」

「知らぬな」

清水家で八十郎に刺されて死んだ玄仙は、その夜のうちに、源九郎たちの手で乗物に乗せられ、水戸家上屋敷の裏手の火除地《ひよけち》に運ばれて他の死体と同じように藪《やぶ》のなかに隠された。

その翌朝には、玄仙の乗物を担いでいた陸尺や奉公人が火除地の周囲を探して、死体を発見したようだ。

その後、町方が探索したらしいが、襲った賊のことは杳《よう》として知れないそうである。

孫六が岡っ引きの栄造から訊き出したことによると、玄仙に仕えていた者が、深編み笠をかぶり、黒布で鼻から下を隠した武士集団、と証言したことから、町方は大川端で笹沢を襲った男や神田川沿いに出没した賊とつなげて探索しているという。もっとも、そうなるよう、源九郎たちは、深編み笠と黒布で顔を隠して、玄仙を襲ったのである。

「そうですか。父上のことだ、町医者の件もご存じかと思ったのですがね」

俊之介は、疑わしそうな目をして源九郎を見たが、そのとき、君枝が茶道具を持って入ってきたので、それ以上訊かなかった。新太郎は君枝にまとわりついていたが、八重の姿はなかった。奥の部屋に寝かしつけてきたらしい。茶を持参するのが遅かったのは、そのせいであろう。

それから、源九郎は半刻（一時間）ほど話して、腰を上げた。

「お義父《とう》さま、八重を抱いていきますか。もうすぐ、目が覚めるはずですから」

君枝はそう言ったが、

「またにしよう。いつでも来られるからな」

そう言い置いて、源九郎は華町家を辞去した。今日は、新太郎と君枝の風邪の様子を見に来たのである。源九郎は、ふたりとも快復したことを知って安堵《あんど》し、帰りの足取りも軽かった。

八ッ半（午後三時）ごろであろうか。六間堀沿いの通りには、うららかな春の陽射しが満ちていた。

そのとき、前方から町娘がふたり、何かおしゃべりをしながらやってきた。双子の姉妹であろうか。顔が瓜ふたつである。その笑顔が、春の陽光のなかで二輪の花のようにかがやいて見えた。

源九郎は向田のことを思い出した。源九郎も、向田は自分に似ていると思った。そして、いますれちがった町娘のように、春の陽射しのなかをふたりして話しながら歩いている光景が脳裏に浮かんだ。源九郎の胸に、妙に浮き浮きした気分が湧いてきたが、己の歳を思い出し、

……この年寄りでは、花のようには見えんな。

そう胸の内でつぶやいて、苦笑いを浮かべた。

双葉文庫

と-12-16

はぐれ長屋《ながや》の用心棒《ようじんぼう》

瓜《うり》ふたつ

2008年5月20日　第1刷発行

【著者】
鳥羽亮《とばりょう》

【発行者】
赤坂了生

【発行所】
株式会社双葉社
〒162-8540 東京都新宿区東五軒町3番28号
[電話]03-5261-4818(営業) 03-5261-4833(編集)
http://www.futabasha.co.jp/
(双葉社の書籍・コミックが買えます)

【印刷所】
慶昌堂印刷株式会社

【製本所】
株式会社若林製本工場

【表紙・扉絵】南伸坊
【フォーマット・デザイン】日下潤一
【フォーマットデジタル印字】飯塚隆士

ISBN978-4-575-66331-0 C0193

鳥羽亮

はぐれ長屋の用心棒

子盗《こと》ろ

長編時代小説〈書き下ろし〉

長屋の四つになる男の子が忽然と消えた。江戸では幼い子供達がいなくなる事件が続発。神隠しか、かどわかしか？　シリーズ第四弾。

鳥羽亮

はぐれ長屋の用心棒

深川袖しぐれ

長編時代小説〈書き下ろし〉

幼馴染みの女がならず者に連れ去られた。下手人糾明に乗り出した源九郎たちの前に立ちはだかる、闇社会を牛耳る大悪党。シリーズ第五弾。

鳥羽亮

はぐれ長屋の用心棒

迷い鶴

長編時代小説〈書き下ろし〉

源九郎は武士にかどわかされかけた娘を助けた。過去の記憶も名前も思い出せない娘を襲う玄宗流の凶刃！　シリーズ第六弾。

鳥羽亮

はぐれ長屋の用心棒

黒衣の刺客

長編時代小説〈書き下ろし〉

源九郎が密かに思いを寄せているお吟に、妾にならないかと迫る男が現れた。そんな折、長屋に住む大工の房吉が殺される。シリーズ第七弾。

鳥羽亮

はぐれ長屋の用心棒

湯宿《ゆやど》の賊

長編時代小説〈書き下ろし〉

盗賊にさらわれた娘を救って欲しいと船宿の主が華町源九郎を訪ねてきた。箱根に向かった源九郎一行を襲う謎の刺客。好評シリーズ第八弾。

鳥羽亮

はぐれ長屋の用心棒

父子《おやこ》凧《だこ》

長編時代小説〈書き下ろし〉

俊之助に栄進話が持ち上がり、喜びに包まれる華町家。そんな矢先、俊之助と上司の御納戸役が何者かに襲われる。好評シリーズ第九弾。

鳥羽亮

はぐれ長屋の用心棒

孫六の宝

長編時代小説〈書き下ろし〉

長い間子供の出来なかった娘のおみよが妊娠した。驚喜する孫六だが、おみよの亭主・又八が辻斬りに襲われる。好評シリーズ第十弾。

鳥羽亮

はぐれ長屋の用心棒
雛《ひな》の仇討ち

長編時代小説
〈書き下ろし〉

両国広小路で菅井紋太夫に挑戦してきた子連れの武士。藩を二分する権力争いに巻き込まれて江戸へ出てきたらしい。好評シリーズ第十一弾。

鳥羽亮

子連れ侍平十郎
上意討ち始末

長編時代小説

陸奥にある萩野藩を二分する政争に巻き込まれた、下級武士・長岡平十郎の悲哀と反骨をリリカルに描いた、シリーズ第一弾！

鳥羽亮

子連れ侍平十郎
江戸の風花

長編時代小説

上意を帯びた討手を差し向けられた長岡平十郎。下級武士の意地を通すため脱藩し、江戸に向かった父娘だが。シリーズ第二弾！

鳥羽亮

剣狼秋山要助
秘剣風哭《ふうこく》

連作時代小説
〈文庫オリジナル〉

上州、武州の剣客や博徒から鬼秋山、喧嘩秋山と恐れられた男の、孤剣に賭けた凄絶な人生を描く、これぞ「鳥羽時代小説」の原点。

鳥羽亮

十三人の戦鬼

長編時代小説

暴政に喘ぐ石館藩を救うため、凄腕の戦鬼たちが集結した。ここに〝烈士〟たちの闘いがはじまる！　傑作長編時代小説。

牧秀彦

江都《こうと》の暗闘者
将軍の刺客

長編時代小説
〈書き下ろし〉

八代将軍徳川吉宗から田沼意行に、市井の裏に潜み跳梁する悪人退治の密命が下った。若党・白羽兵四郎が悪に立ち向かう、シリーズ第一弾。

牧秀彦

江都《こうと》の暗闘者
青鬼《あおおに》の秘計《ひけい》

長編時代小説
〈書き下ろし〉

江戸市中を紅蓮の炎で舐め尽した大火は付け火なのか？　将軍吉宗失脚を画策する巨悪に、白羽兵四郎が正義の剣を振るう。シリーズ第二弾。